カノジョに浮気されていた俺が、
小悪魔な後輩に
懐《なつ》かれています
My coquettish junior attaches herself to me!
2

「こうなんか、一歩前進っていうか」
志乃原真由《しのはらまゆ》
悠太と同じ大学で、一個下の後輩。天《てん》真《しん》爛《らん》漫《まん》な性格だが小悪魔的な一面もあり、なにかと悠太をドキッとさせる。
Situation 1
後輩は、春休みも俺の家に。

「やっほ、悠太くん。来てたんだ」
相《あい》坂《さか》礼《れい》奈《な》
悠太の元カノ。悠太の大学近くの女子大に通っており、悠太とはその学祭で出会った。
Situation 2
元カノと、バレンタインパーティで。

「うん、いいね。
羽瀬川君の、その感じ」
美濃彩華《みのあやか》
悠太とは同じ大学の同期で、高校時代からの気の置けない友達同士。

羽瀬川悠太《はせがわゆうた》

「これから、よろしくね」
それは恐らく何処《どこ》にでも溢《あふ》れる、普通の挨拶。
関係を深めるにあたって役立つ、ありふれた言葉。
だからこそ如実に感じることがあった。
――哀《かな》しい声だ。
何があったのかは知らない。
まともに話した機会が少ないことから、訊《き》くこともできない。
それでも美濃彩華が教室から出て行くのを見届けながら、俺は思った。
学内の人気や評判などは関係なく、純粋に思う。
美濃彩華のことを、もっと知りたいと。

Situation 3

高校時代の、青い春の日。

「さ、確認作業に入りましょうか」

「へ？」

間抜けな声を出す。

彩華は近付いてきて、膝を崩して横に座り、俺の太もものの上に手を置いた。

「――確かめていい？」

「な、何を？」

いつもとは違う妖艶な雰囲気に、俺は思わず身体《からだ》を引く。

身体を引くと、首根っこに腕を回されて捕まえられる。

「ねえ。あんた、私に惚《ほ》れてたりする？」

「――は!?」

Situation 4
女友達と、温泉旅行。

タピオカを飲みに誘われた

……♥真由の場合……

「先輩、タピオカ飲みに行きましょ！」

「えー、あれって美味《おい》しいか？」

「美味しいか美味しくないかは問題じゃないです。私と一緒に、流行《はや》りを楽しむか楽しまないか。そこが重要なんです」

「よく分かんねえな」

「……あれ、もしかして見返り必要だったりします？」

「そんなもんいらねえって。ただタピオカに乗り気じゃないだけ」

「えー。うーん、仕方ないですね。じゃあ見返りとして、今日から一週間、毎朝お味噌汁《みそしる》作ってあげます」

「話聞いてた？」

「てことで、また明日でーす！」

「今の会話で決定したの⁉」

……♥彩華の場合……

「ねえ、タピオカ飲みに行かない？」

「えー、あれって美味しいか？」

「奢《おご》るわよ」

「行く！」

カノジョに浮気されていた俺が、小悪魔な後輩に懐かれています2

御宮ゆう

角川スニーカー文庫

22147

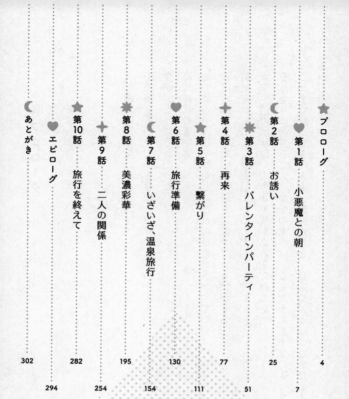

My coquettish junior attaches herself to me!

design work:中村晋弥（LUCK'A Inc.） illustration:えーる

プロローグ

久しぶりに夢を見た。

不思議なもので、夢を夢だと自覚できる時がある。

今が、まさにそれだった。

高校時代の青い春。

俺の夢の中には、懐かしい母校の景色が広がっていた。

教室の懐かしい匂いが、辺りに漂っている気がする。

何故《なぜ》俺は、こんな夢を見ているのだろうか。

大学生活の現状に、大きな不満がある訳ではない。

それなりに苦労して入った今の大学は、なんだかんだで気に入っている。

これまで送ってきた人生と比較すると、自由で、かつてないほどの選択肢が目の前にあるからだ。

だが、ふと高校時代に戻りたくなる時があった。

部活に縛られ、自由はない。

一年間を同じ空間で過ごす人間が数十人いて、その面子《メンツ》も一年周期で変動していく、特殊な環境。

小さくて、なのに当時は大きく感じていた、井の中の高校生活。

楽しい思い出ばかりでなく、苦い思い出も沢山あった。

それでも、確信できることが一つだけある。

それはあの高校生活が、今の俺を形成する上で必要不可欠な時間だったということ。

あの時間があったから、今の俺が在る。


――そう思った直後、黒髪ロングの女子生徒が視界に入った。


夢だから、そういうこともあるだろう。

女子生徒は、物憂げな表情で窓から何かを眺めている。

俺は、その女子生徒が誰だか知っていた。

何故物憂げな横顔をしているのかも、今の俺なら知っていた。

声を掛けようと口を開けると、女子生徒が振り向く。
大きな瞳は夢の中でも悔しいくらいに綺麗《きれい》で、俺は思わず肩を竦《すく》めた。

第１話　小悪魔との朝

目を開けると、カーテンの隙間から日光が漏れていた。

日光を受ける肌の感覚から、既にお昼時だということが察せられる。

時計を見れば時刻は午後一時で、だらしない大学生のお手本のような起床時間だった。

そんな不摂生な睡眠の中何か夢を見ていた気がするのだが、思い出せない確信がある。

「……だめだ」

諦めて、目を擦《こす》る。

一度忘れた夢を思い出せることなど、そうそうない。

そう思いながら体重を毛布に預けようとすると、明らかに布団ではない感触が掌《てのひら》に伝わってきた。

ギョッとして見下ろすと、栗色《くりいろ》の髪が一定のリズムで揺れている。

スゥスゥという寝息の主は、志乃原真由《しのはらまゆ》。

約二ヶ月前にできた、俺の新しい後輩。

こうして無防備な姿を晒《さら》すくらいには懐かれているらしい。

「……志乃原？」

呼ぶが、志乃原の返事はない。

どうやら本当に寝ているようだ。

寝起きの働かない頭でぼーっと志乃原の寝顔を眺めていると、少しずつ今朝のことを思い出してきた。

例のごとく志乃原のインターホン連打で叩《たた》き起こされた俺は、志乃原を部屋へ迎え入れるとそのままベッドに直行し、再び就寝に入ったのだ。

「ええ、また寝るんですか!?」という声が追いかけてきたのは何となく覚えている。

昨日は疲れるようなこともしていないのに、よくこんな時間まで眠ることができたものだと、我ながら感心してしまう。

「んー」

志乃原が寝返りをうつ。

……起こさずにいてくれたのはありがたいが、寝るほど暇ならずっと家にいなくてもよかったのに。

しかも寝るにあたって、しっかりメイクも取ったらしい。

志乃原の鞄《かばん》の上にはメイク落とし道具が置いてあった。

生意気で小悪魔な後輩も、こうして眺めれば、ただの華奢《きゃしゃ》な女の子。

すっぴんの寝顔をあまり見ないほうがいいだろうと、枕元に置いていたスマホに視線を落とす。

電源を入れると、彩華《あやか》からの着信を知らせる通知が入っていた。通知時刻は、午前八時だ。

「出れるわけねえだろ……」

思わず呟《つぶや》いてしまう。

自堕落な生活が染み付きつつある俺にとって、八時台の電話に出ることなんて不可能に近い。

「……先輩」

「ん？」

声の方へ視線を向けると、志乃原がまだ眠そうに目をしょぼしょぼとさせていた。

「あ、そっか、私寝てたんだ……おはようございます」

「おはよ。ぐっすりだったな」

「はい……うわー悔しい、朝ご飯用意できてないです」

そう言って、志乃原はもぞもぞと服のシワを伸ばす。

すると何かに気付いたように、俺に質問してきた。

「あれ、先輩。さっき胸触りました？　なんか私、圧迫感で起きた気がするんですけど」

「分からん。触ってたらごめん」

「……そんな釈明の仕方あります？」

馬鹿正直な返答に志乃原は笑うと、グンと身体《からだ》を伸ばした。

余計に胸が強調され、思わず目を逸《そ》らす。

寝起きに至近距離で見るには、少々刺激が強い。

「ちょっと狭かったから身体凝った～」

「お互い寝相良くて助かったな」

寝相が悪い人同士が隣で寝れば、蹴飛ばし合うことは必至。志乃原がたまに家に泊まるようになった今、二人とも寝相が良いのは幸運なことだと言えるだろう。

「ていうか、なんでお前隣で寝てんだよ。客人用の敷布団あっただろ」

「いやぁ、やっぱりベッドの方が寝心地良いじゃないですか。幸いスペースが余ってたので」

そして志乃原は「ちょっとすみません、お花摘みに行ってきます」と言葉を続けて、器用に俺の脚を跨《また》いで床に降りる。

「普通にトイレって言えよ」

「お花の方が可愛《かわい》いですもーん」

志乃原はそう言い残し、部屋から出て行った。

ドア越しに聞こえる、フローリングをペタペタと歩く足音が遠ざかっていく。

大学の長い長い春休みは、まだ始まったばかり。

あの後輩はこれからもこの調子で家に入り浸るのだろうかと、単純に疑問に思う。

自分で言うのもどうかと思うが、この家で過ごすことに多くの時間を費やすのは勿体《もったい》ない気がする。

……学生でいられる時間は限られている。

もっと有意義な時間の使い方をしなければ後々後悔するということを、サークルの先輩が口を酸っぱくして言っていた。

「……今日なんか予定あったっけな」

カレンダーを確認すると、どうやら今日は夕方からバスケサークル『start』の練習があるようだ。

大学といえば、サークル活動。

何もせずにいるよりは、サークルに行った方が百倍良い。

とりあえず練習着を探そうとしてベッドから降りると、足の裏に何かを踏み潰した感触が伝わってきた。

「げっ」

嫌な予感がして見下ろすと、チョコパイが平らになっていた。

封を開けて、恐る恐る口に入れる。

見栄《みば》えと口当たりは悪いものの、味はさほど変わらない。

傍《そば》に転がっていたチョコパイの封をまた開けていると、お花を摘み終わった志乃原が戻ってきた。

俺の手元にあるチョコパイを見ると、志乃原は目を輝かせる。

「あ、いいなチョコパイ！　それ好きなんですよね」

「そうなんだ。食う？」

「貰《もら》いまーす」

志乃原は少し離れた場所から手を差し出して動かない。

放り投げろということだろう。一番近くにあったチョコパイを、適当に放る。

だがそれは既に封を開けていたもので、中身が飛び出して志乃原の顔面に直撃した。

「……わ、わりぃ」

ゆっくりと手を合わせる。転がっているチョコパイが割れていることから、結構な衝撃だったかもしれない。

「……先輩」

「は、はい」

後輩を相手に、思わず背筋を伸ばす。

「なんで上投げなんですか!? 普通下投げですよね!?」

「え、そっち!? 封が開いてたことにじゃなくて!?」

志乃原は割れたチョコパイを拾い、口の中に放り込んだ。

絨毯《じゅうたん》に欠片《かけら》が落ちているだろうから、後で掃除しないといけない。

「人に物を投げる時は下投げって教わらなかったんですか、全く」

「……物を投げちゃいけませんとは言われた気がする」

ベッドに再び寝転んで、枕を顎の下にあてがう。

何故《なぜ》かこの体勢はとても心地がいい。

「お前今日どうすんの？ 朝飯食って帰る？」

「どうしましょうか。今日は暇ですし、一日中居座るのもアリですね！」

「無しだわアホか。俺に自由時間をくれ」

俺の答えに「えー」と口をすぼめる志乃原を見て、少しだけ一日中家に置いても良いかなという気持ちになったが、ここで了承すればこの先が心配になる。

志乃原と一緒にいる時間は悪くないが、一人の時間も俺にとってはとても重要な時間なのだ。

いくらご飯を作ってくれる貴重極まりない存在だからといって、そこは変わらない。

志乃原がキッチンの冷蔵庫を開ける様子を眺めながら、俺はそう思った。

「先輩、卵もうちょっと買ってた方が良くないですか？　普通に使ったら明日には無くなる量じゃないですかこれ。四つしかないですよ」

「なんでお前が明後日《あさって》までここにいる前提で話してんだよ。俺一人だと四日持つわ」

「へーんだ、べーだ」

訳の分からない反応をしながら、志乃原は調理に必要な器具を取り出していく。どこに何があるのか、もう完全に把握したらしい。

「簡単なご飯作っちゃうんで、先輩は顔洗った後くつろいでてくださーい」

「おう、そうするわ。ありがと」

俺の返事を聞くと志乃原はジャージの袖を捲《まく》り、サラダ油を小皿に入れた。キッチンペーパーに油を染み込ませ、フライパンに馴染《なじ》ませていく。

「何見てるんですか？」

俺の視線に気付いて、志乃原は手を止めた。

すっぴんで調理する姿は何だか家庭的で良いなと思って眺めていたのだが、口に出すのは躊躇《ためら》われる。

「いや、怪我《けが》すんなよ」

「先輩に言われたくないですよ！」

志乃原はケラケラと笑いながら調理に戻った。

手際よく卵を割っていく姿を見ていたら、俺も片手割りに挑戦したくなってくる。

だがそれは志乃原の邪魔になるだけだということが分かっているので、グッと堪《こら》えてキッチンを通り過ぎた。

「顔を洗ったらちょっと雑誌買ってきていい？」

「雑誌ですか？　じゃあ私もファッション誌欲しいです、久しぶりに。代金は払うんで」

やっぱり、ファッション誌とか読むんだな。

流行を押さえた普段着を見ていると、それも不思議ではない。

「分かった」

短く返事をして、部屋から出る。

洗面所で顔に水を浴びせると、一気に意識が覚醒していく気分を味わえる。

俺はこの瞬間がとても好きだ。

朝に顔を洗うこと自体は、面倒なことこの上ないのだが。

廊下に出て靴を履くと、後ろから「十五分くらいでご飯できるんで、それまでには帰ってきてくださいねー」という声が聞こえた。

よくできた後輩だなと思いながら、俺は玄関の扉を開ける。

カラッと乾燥した冷気が俺を襲った。

◇
◆

帰宅すると、香ばしい匂いが鼻腔《びこう》をくすぐってきた。

部屋に入るとソファに買ってきた雑誌を置き、大きく欠伸《あくび》をする。

これだけ寝ても欠伸が出るなんて、自分が怖い。

「おかえりです！　丁度できましたよ」

「お、さんきゅ。雑誌はソファの上に置いといたから」

俺が指差すと、志乃原はキッチンから背伸びをして俺越しに雑誌を確認した。

「先輩はなんの雑誌買ったんですか？」

「週刊少年誌。毎週読んでるんだ」

「ああ、女子でも読んでる人いますよね。後で私にも読ませてください」

そう言いながら志乃原は両手に皿を載せて持ってくる。

俺はテーブルの上にあった物を全て床に落として、スペースを空けた。

「先輩、そうやって何でもかんでも床に放るから散らかるんですよ」

「いいじゃん、俺の部屋だし」

「私が何回掃除してると思ってるんですか、もう」

志乃原は頰《ほお》を膨らませる。

最近俺は掃除をした覚えがないと思っていたが、そういえば大抵は志乃原に任せ切りだったのだ。

「分かったよ、後でするから。ひとまず食べようぜ」

「いつもしないじゃないですかー。まぁ食べますけどぉ」

大皿にはハムエッグとホットサンドが載っており、小皿二つにはそれぞれ卵焼きとサラダが盛られている。

卵が無くなると言ったのはそういう訳かと納得した。

傍にはカフェオレと牛乳が置かれている。

「先輩は、つめた〜いのカフェオレですよ。好きでしたよね」

「めっちゃ好き。気が利くな」

「そりゃもう、私って出来る女ですから」

志乃原は恥じる様子もなく言った。実際出来るので何も言えない。

反応する代わりに俺は手を合わせた。

「いただきます」

「はい、いただきます」

挨拶をして、ホットサンドを手に取る。

パンの内側にバターが塗られ、ハムとチーズが挟まっている。

口に入れて頬張り、用意されていたカフェオレを飲むと贅沢《ぜいたく》な気分になった。

「美味《うま》いご飯食べると、なんか一日頑張る気になるな！」

「ほほう、じゃあ掃除頑張りましょうね！」

「……おう」

返事を濁らせると、志乃原は小さく笑った。

「手伝いますから」

「分かった。頑張る」

卵焼きを食べているとますます活力が漲《みなぎ》ってきた気がしたので、俺は了承した。

志乃原が俺の家に通うようになってから俺の身体《からだ》は健康的になっていっている。

「なあ志乃原、また機会あったら朝ご飯作ってくれよ」

先程は志乃原がこの家にいすぎではないのかと思ったばかりなのに、この提案。

現金なことは自分でもよく分かっているが、一度この朝ご飯を食べてしまうと頼まずにはいられない。

志乃原は少し俺の顔を覗《のぞ》いてから返事をした。

「いいですよ。朝ご飯は手間もかかりませんし。まあ、今はお昼ですけど」

確かに昼時ではあるが、寝起きに食べるならそれは朝ご飯だ。

朝ご飯をしっかり食べれば、一日の始まりも幸せになるというもの。

「健康的で文化的な生活ゲットだぜ！」

「それを言うなら健康で文化的な、ですよ。〝的〟が一つ多いです」

「細かい細かい」

誤魔化《ごまか》すようにカフェオレを飲む。

インスタントのカフェオレは買い置きしていなかったので、冷蔵庫にあった牛乳とコーヒーを混ぜ合わせたのだろう。仄《ほの》かな甘みを感じることから砂糖も入っている。

これらをたった十五分で作るには相当手際が良くないといけない。

志乃原特製のカフェオレを味わっていると、志乃原は今日初めての上目遣いで訊《き》いてくる。

「美味《おい》しいですか？」

「……おう、最高」

「よかった！」

志乃原は満足そうに微笑《ほほえ》んで、ハムエッグを頬張った。

その姿を眺めていると、ふと違和感に気付く。

違和感といっても先程と比べて変わった部分があるというだけで、マイナスな変化ではない。断然プラスだ。

「なんかさっきより目綺麗《きれい》になった？」

俺が質問すると、ハムエッグを頬張った志乃原は「ケホッ」と咳《せ》き込《こ》み、暫《しばら》く咀嚼《そしやく》に集中する。

急《せ》かしてしまったようで申し訳なく感じていると、志乃原は驚いたように口を開いた。

「ビューラー使ったんですよ、よく分かりましたね」

「あぁ、睫毛《まつげ》カーブさせるやつ？　変わるもんだなあ」

「変わりはしますけど、一目で分かるほどじゃないですよ。ファンデとかはまた食事後にしますけど、きっとそっちの方が変わります。ビューラーだけの変化に気付いた先輩に拍手です」

志乃原は食べかけのハムエッグを一度皿に戻して、軽く手を叩《たた》く。

過去に一年間付き合っていた彼女がいれば、ビューラーによる変化に気付くことはさほど不思議なことでもない。

そのことを言おうとして、思い直し口を閉じた。

礼奈《れいな》から電話があった、テストお疲れ飲み会後の夜。

志乃原の質問に答えなかった俺の口から、元カノの話題を出すのは、気が引ける。

心の中でそう結論付けると、俺は先程言おうとしたことの代わりに質問した。

「いつも化粧品持ち歩いてんのか？」

志乃原の鞄《かばん》の上には、相変わらず化粧品が載せられている。

志乃原は俺の質問に、ニコリと笑った。

「お直し程度ですけどね。割とみんな持ち歩いてますよ。それに、見てくださいこれ」

志乃原は鞄の中から、球体のポットを取り出した。

「めっちゃ可愛《かわい》くないですか？　中にチークが入ってるんですけど、もーこういうの見てるだけでテンション上がるんですよね」

ポットの蓋にはキラキラとした装飾がちりばめられており、男の俺から見ても女子に人気がありそうだなと分かる。

そういえば、彩華も新しく購入したであろう化粧品を可愛いでしょ、と見せてきたことがあった。

デザインもお洒落《しゃれ》な物が多いので、女子にとって化粧品を持ち歩くことは苦にならないのかもしれない。

それでもやっぱり男からしてみれば、毎日鞄に入れて持ち歩くのは面倒そうだ。

「でも、毎日持ち歩くのは大変だな」

「別に、大変じゃないですよ。他の女子のことは知らないですけど、私はどうでもいいかなって日には持ち歩きませんし」

「へえ、なるほどね。日によって使い分けてんのか」

そうであるならば負担も軽減される。

だが俺は少し引っかかることがあって再度質問した。

「なんで今日は持ってきてんの？」

志乃原は首を傾《かし》げた。

「そんなの、先輩の家に行くからに決まってるじゃないですか」

不意の言葉に、俺は摑《つか》みかけていたハムエッグを取りこぼした。

「なっ、どういう意味だよ」

「多少気合い入れてるってことですよ。今日は一日付き合ってもらいますからね」

志乃原は悪戯《いたずら》っぽく口角を上げた。

頭からツノが生えていそうな、小悪魔っぽい笑みだ。

「……じゃあ、俺がとっておきの所に連れてってやろう」

俺の一言に、小悪魔は目を輝かせた。

第２話　お誘い

「お疲れー」

軽く挨拶をして体育館へ入る。

バスケサークル『start』御用達《ごようたし》の、いつもの体育館だ。

横で志乃原《しのはら》はげんなりしたような声を出した。

「前も来たぁ……」

「人のサークルの活動場所なのに、そんながっかりした感じ出すなよ。失礼だろ」

「〝とっておき〟の場所がこれなら無理ないと思うんですけど！　なんかめっちゃ期待してたんですけど！」

志乃原がマネージャーとして活動に参加したのは、つい最近のことだ。とっておきと言われてこの場所に連れてこられたなら、確かに無理のない反応なのかもしれない。

「ごめんごめん。お詫《わ》びにまたマネージャーしてくれてもいいよ」

「先輩、お詫びの意味知ってます？　なんでマネージャーをすることがお詫びに含まれてるんですか？」

お詫びになるとは思っていないが、これなら退屈もしないとも踏んでいた。

マネージャーをやっている時の志乃原は、かなり楽しそうにしていた記憶がある。

「嫌か？」

「……別に、嫌じゃないです。ちょっとテンション上がってきてるのが、先輩の掌《てのひら》で転がされてる感じで癪《しゃく》なんです」

志乃原はむくれて、鞄を持ち直す。

「じゃあ、着替えてきます。ジャージ借りますって、藤堂《とうどう》さんに言っておいてくださいね！」

「了解、了解」

指で丸のマークを作ると、志乃原はプイッとそっぽを向いて、更衣室へ歩いて行った。

表情とは裏腹に、志乃原の足取りはとても軽やかに見えた。

◇◆

体育館の独特な匂いは、市営体育館でも、学校の体育館でも感じることができる。

壁際のスペースに座っているとボールの振動が僅かに伝わってきて、だだっ広い体育館と一体になった気分になれる時がある。

俺はその瞬間も、とても好きだ。

「お前が連続で練習に来るなんていつ以来だ？」

サークル友達である藤堂が、バッシュの紐《ひも》を結びながら訊いてきた。

俺がサークルに行かなくなったのは礼奈《れいな》と別れてからだが、付き合っている間もサークルに参加する頻度は決して高くなかった。

ひょっとすると、連続で練習に参加するのはかなり久しぶりなのかもしれない。

「半年ぶりくらいかもな」

俺の答えに、藤堂は頷《うなず》く。

「多分それくらいだろうな。んで、連続であの子連れてきたって訳だ」

藤堂の視線の先には、ジャージ姿の志乃原がいた。

髪を後ろに括《くく》った志乃原は、サークル員と談笑している。

相変わらずのコミュ力お化けだ。

「要は見せびらかしたいんだな？」

「そんなんじゃねえよ」

「どうだかなあ」

藤堂はバッシュの靴底を掌で軽く擦《こす》りながら笑う。

俺も同じように靴底を擦る。こうすれば付着した埃《ほこり》を取り除くことができて、気持ち良くプレーすることができる。

念入りに埃を取り除く俺に、藤堂は再度口を開いた。

「ま、そういう類の承認欲求があれば、とっくに彩華《あやか》さんを連れて来てるか」

その言葉を聞いて、あいつは呼んでも来るだろうかと疑問に思った。

確かに、彩華とは仲が良い。高校の時からずっとだ。

だが彩華は大学で、自分のコミュニティに俺を招き入れることはあっても、俺のコミュニティに入ろうとしたことは一度もない。

礼奈と付き合っていた時も、あいつから会おうとしたことは一度も無かった。

「来なそうだな、あいつは」

「そうなの？　意外」

「意外か？」

「だって、彩華さんってめっちゃフットワーク軽いイメージあるし。みんなに気さくに接してさ」

藤堂はそう言って立ち上がる。

ボールを片手にコートへ入っていく藤堂の姿を横目に、俺は靴底を擦る手を止めた。

「……ほんとに変わったな」

彩華に対する、周りの認識が変わった。

この前開催されたテストお疲れ飲み会の時も思ったことだ。

性格に難ありだと言われていた頃の彩華を知っているのは、この大学じゃ殆《ほとん》どいないだろう。

それが嬉《うれ》しくもあり、同時に寂しいと思う気持ちも少しだけあった。

だが、あの空間は彩華の努力の結晶。それを俺が否定するというのは、残酷な話だ。

高校時代の、美濃《みの》彩華。

思い返そうとすると、傍《そば》に置いていたスマホが振動して、現実に引き戻された。

体育館にまでスマホを持ち込んでしまうあたり、現代病というやつだろう。

「んー」

画面を確認すると、メッセージの送り主は月見里《やまなし》那月《なつき》だった。

彩華から招待されたテストお疲れ飲み会の場にいた女子だ。

あの後も、一度お酒を飲みに行っていた。

礼奈と別れてから、新たにできた繋《つな》がりの一つ。

それでも、一瞬トーク画面を開いてしまうか逡巡《しゅんじゅん》した。

既読を付けてしまえば返信を余儀なくされる。

返信に義務感が生じるラインは、俺はどうも苦手だった。

相手が彩華や志乃原だと、気を遣わずにいられるのだが、那月との関係はそこまで深くはない。

内容を確認しようと、一度通知欄へと戻る。メッセージの序盤だけは、通知欄からでも分かるのだ。

——大した内容でなければ、練習後に返信することにしよう。

そう思って内容を見てみると『バレンタインにパーティやるんだけど、悠太《ゆうた》も来ない？』

というものだった。

思いがけず興味を引かれ、那月のトーク画面を開いてしまう。

送られてきていた会場の写真は、小綺麗《こぎれい》なクラブルームのようで、ＳＮＳ映えしそうな構造だった。

バレンタインに開かれるパーティというのは好奇心を大いにくすぐられたが、問題は那月から添付されていた資料だ。

簡単に纏《まと》められた概要欄を読むと『友達である男女のペアでのみ入場できます』という条件が提示されている。

恐らく男女の数を均等にするためのものだろう。

ナンパ目的の男を減らす意図もあるかもしれない。

だがそうした人数比の兼ね合いは、運営にやってもらいたいというのが本音だ。

パーティに赴く学生の間では恐らく有名な人気会場だからそのような強気な条件を提示できるのだろうが、こうした場に行ったことのない俺からしてみればいい迷惑である。

「……パスかな」

お酒も出るだろうし、志乃原はまだ未成年なので、誘わないのが賢明だ。

であれば、こうした場に気兼ねなく誘える異性といえば彩華だけになる。

だが彩華もバイトやサークルと多忙の身で、バレンタインデーに予定が空いている確率は低いだろう。

俺は『行けたら行く』という、行く確率６％くらいの返事をして、スマホの電源を落とした。

バレンタインパーティへの未練は、全く無かった。

◇
◆

残り二十秒。

練習試合が終わるまでの時間が、刻々と迫ってきている。スコアは12‐15の、3点ビハインド。

俺はボールをキープしながら、パスコースを模索している。

「ほら先輩、右フリー！　パスパス！」

志乃原の掛け声に、俺は右サイドに視線を投げる。

藤堂が相手ゴールへ駆けながら、掌をこちらへ掲げている。

「藤堂！」

俺は相手ディフェンスの重心をフェイントでズラし、空いたスペースからロングパスを放った。

身体《からだ》一個分前に落ちたボールはバウンドし、藤堂が飛び付いてがっちり摑《つか》む。

ブロックに防がれることなく放たれた藤堂のシュートはそのままゴールに入り、相手チームと1点差となった。

「ナイッシュ！」

サークル員の先輩が、藤堂の背中を軽く叩《たた》く。

藤堂は小学生の頃からミニバスでバスケに取り組んでいただけあって、このサークル内では随一の実力者だ。

藤堂なら多少無茶《むちゃ》なパスでも対応してくれるので、俺も藤堂とチームメイトになった時の試合はかなりテンションが上がる。

「先輩、まだ試合終わってない！」

その声にハッとすると、相手ゴール下から超ロングパスが、目の前の相手選手に渡るところだった。

スピードに乗せてしまい、一気に自陣ゴール下まで侵入される。

集中力が切れていたとはいえ、なんて杜撰《ずさん》なディフェンスだ。

「もらい！」

相手選手がレイアップの体勢に入る。

ボールが一瞬、腰の位置に移動した。

「──っ」

すかさず手を伸ばすと、指先にボールを押し出す感触があった。

小気味良い音が体育館に響く。

スティール成功。ボールは相手選手の支配から離れ、ルーズボールとなってコートに転がる。

視界の隅で、再び藤堂が相手ゴールへ駆け出したのが見えた。自分にボールが繋がると信じていたのだ。

俺はボールに触れるや身体を捻《ひね》り、遠心力を利用してロングパスを放つ。

この攻守切り替えの迅速さこそが、バスケの醍醐味《だいごみ》。

藤堂がブザービーターで得点を決めて逆転したのを確認すると、俺は小さくガッツポーズをした。

「よっしゃ、藤堂ナイスまじで！」

チームメイトが藤堂に駆け寄り、藤堂は揉《も》みくちゃにされる。

たかがサークル活動の、たかが練習試合。

それでもギリギリのクロスゲームを制することができれば、嫌でも興奮してしまうのが元運動部の性《さが》というものだ。

俺も藤堂に近付き、背中を叩いて労《ねぎら》った。

「さすがのシュート成功率だな！　助かったわ」

俺が言うと、チームメイトも同意して盛り上がる。

だが藤堂は何故《なぜ》かちょっとだけ苦笑いして、コートの隅へと捌《は》けて行った。

女子たちの試合が同じコートで始まるので、俺も出なければならない。

「先輩！」

呼び声が聞こえたので、俺はチームメイトとは違う方向へと向かう。

この場で、俺のことを先輩と呼ぶやつは一人しかいない。

そもそも大学で年上を先輩呼びする人物など、この小悪魔後輩以外にあまり覚えがなかった。

「先輩、お疲れです！」

「さんきゅ。楽しかった～」

そう言いながら腰を下ろす。

最近はこまめに運動をしているおかげで、筋肉の疲労も多少減っている。

バスケの試合は他のスポーツと比較すれば走行距離が長いので、体力メニューをこなさずとも試合に出ていれば自然と体力が付いてくるのだ。

勿論《もちろん》、サークルレベルでの話ではある。

「ほらほら先輩、今は立って。激しい運動の後に急に座ると、身体に負担かかりますよ」

志乃原はそう言いながら、タオルを差し出してくる。

体育館の隅に置いていた、俺のお気に入りのタオルだ。

「あざす」

タオルを渡してくれたり、掛け声を出したり、まるで本当のマネージャーのようだ。

俺の傍《そば》にいて、他のサークル員の元に行く様子があまりないことから実際にマネージャーをやることは難しいかもしれないが、本人もそんなことは望んでいないだろう。

ここにいるのは、俺が半ば無理やり連れて来ただけなのだから。

立ち上がり、受け取ったタオルを首元に掛けると、志乃原は口角を上げた。

「最後のスティールとパス、凄《すご》かったですよ。今の試合のMVPは、間違いなく先輩ですね」

「いやあ、藤堂だろ。あいつが決めなけりゃ無駄になってたわけだし」

実際、チームメイトから褒められていたのは藤堂だ。

バスケが一番上手《うま》いのも藤堂なので、俺がそこまで褒められるのはなんだか違和感がある。

だが俺の言葉に、志乃原は首を振った。

「何言ってるんですか、先輩が繋げなかったらただの負け戦でしたよ」

「それも否めないけどな。まあ、ありがと」

　礼を言って、今度は志乃原の片手にある水筒を受け取ろうと手を伸ばす。

　すると志乃原は水筒を上に掲げて、俺の手は空を切った。

「先輩」

「なんだよ」

「先輩、今の素直なお礼じゃないですよね。取り繕った！」

　志乃原は鼻を鳴らす。

「先輩の自己評価がどうなのかは知りませんけど、私はパスを繋ぐっていう行為は、バスケに限らず、スポーツに限らず、もっと褒められて良いものだと思うんです」

「……つまり？」

「つまり、誰からも褒められなかった先輩を、代わりに私が褒めてあげるということです！」

　志乃原は今度こそ水筒を差し出して、はにかんだ。

「先輩、凄かった！」

「……えっと」

　——参ったな。

チームメイトから褒められていたのは、藤堂一人。

それが当然だと思っていたから、褒められないことに関して何も感じてはいなかったけれど。

純粋な笑顔で褒められて、嬉《うれ》しくない人はいないだろう。

「……ありがとう」

素直に礼を言うと、今度は志乃原も満足顔で頷《うなず》いた。

声色の違いで素直かどうかが分かるのだとしたら、恐ろしい後輩だ。

「ま、私の掛け声が勝敗を分けたと言っても過言じゃないですけどね！　先輩、藤堂さんがフリーだったこと気付いてなかったでしょ〜」

志乃原がそう言って、悪戯《いたずら》っぽい笑みを浮かべる。

思わず否定したくなったが、俺の視界に藤堂が入っていなかったのは事実。

「ああ、割とマジでナイスタイミングだったわ。ほんとに志乃原ってバスケ部だったんだな」

「はい……えっ、あれ？　今私、褒められてます？　貶《けな》されてます？」

「前見た時のシュートフォームがめちゃくちゃ下手だったから、正直ほんとかどうか疑わしかったけど」

「貶されてますね!?　先輩の恩知らず！」

志乃原は憤慨し、タオルを俺から取り上げようと近付いてくる。

その時、唐突に嫌な予感がした。

「危ない！」

誰かの声に振り向くと、オレンジ色の球体が俺の耳を掠《かす》めようとするところだった。

そしてその行き先は、恐らく――

反射的に手を伸ばすと、手の甲にボールが直撃する。鈍い痛みに顔を顰《しか》める。

跳ね返ったボールはその場に落ちて、コロコロと転がった。

俺が手を出さなければ、志乃原に直撃していた。

バスケットボールは六号球。

チョコパイと違い、当たりどころによっては痛いでは済まされないかもしれない。

間一髪だ。

コートの方を見ると既に女子の試合が始まっており、大方パスミスか何かでボールがこちらへ飛んできたのだろう。

観客席にボールが直撃するのは、バスケの試合においてはそう珍しくない出来事だ。

「大丈夫か？」

俺が訊《き》くと、志乃原は少しの沈黙の後、大きい声で言い放った。

「きゅ、急にカッコいいことしないでくださいよ！　なんなんですか、もう！」

「理不尽すぎる！」

ズンズンと何処《どこ》かへ消えていく志乃原を、パスミスをした選手であろう女子が、謝罪をするために追い掛けていく。

二人の姿が見えなくなった後、体育館は小さな笑いで包まれた。

たった二回しか参加していないにしては、随分とこのサークルに馴染《なじ》んでいる。

自分にはとても真似《まね》できない芸当だなと息を吐いて、俺は愛するスマホの元へ帰った。

「……疲れたー」

そう呟《つぶや》いて、スマホの電源を入れる。

画面には新しい通知が入っていて、確認すると那月からだった。

「行けたら行く」という返事は、やはり信用してもらえなかったらしい。

ロック画面から確認できる通知には『乗り気じゃないってことかな！（笑）』とある。

「……乗り気じゃないって言われてもなぁ」

行くのが嫌だという訳ではないのだが、何せ相手がいないのだからどうしようもない。

お酒の出るパーティなら年齢確認もあることを考慮して、志乃原を誘うことはできない。

彩華もバレンタインに予定が空いているなんてことはないだろう。十中八九、サークルか何かの集まりに呼ばれている。

俺と違い、あいつの交友関係は今や俺の何倍もあるのだ。

だからといってあの二人以外に『バレンタインパーティ』などという集まりに誘える女子なんて思いつかない。

那月と一緒に行くというのは、俺にとって少しハードルが高い催しだ。

――やっぱ断るしかないな。

別に無理して行く必要なんてどこにもない。

バレンタインに予定がないというのは、まあ全く寂しくないといったら嘘《うそ》になるのだが、暇の潰し方なんて大学生の専売特許。

気付いたらバレンタインなんてふざけたイベントは終わっているだろう。

俺は那月のためにも、早いうちからはっきり断ろうとスマホに指を走らせる。

断りの内容を送信した瞬間、ペットボトルが太ももに当たってきた。

デジャヴ。

顔を上げると、藤堂がボールを片手に「奢《おご》り」と笑った。

「お、まじで。なんか知らんが奢られるなら甘んじて感謝する」

「はは、そうしとけよＭＶＰ」

藤堂は爽やかな笑みを浮かべて、俺の横に座る。

片手で器用にペットボトルの蓋を開けて、俺の元へ近付けた。

「ほれ、かんぱーい」

「おー、乾杯、乾杯」

互いのペットボトルをコチンと当てて、スポーツドリンクで喉を潤す。

運動後の身体《からだ》には、やはりスポーツドリンクが一番染み渡る。

「さんきゅーな。この前に引き続き今日も奢ってもらって」

「さっきも言ったろ。ＭＶＰの報酬だよ、報酬」

藤堂はボールを人のいない場所に転がして、背を体育館の壁に預けた。

「志乃原にもＭＶＰって言われたけどな。まあ素直に嬉しいけど」

「嬉しいけど腹落ちしてないって顔だな。ほんと、自己顕示欲が強いんだか弱いんだか分かんねえやつ」

藤堂は嫌味《いやみ》なく言ってから、スポーツドリンクを呷《あお》るように飲む。

今は素直に喜んでいるつもりなのだが、傍《はた》から見ればそう思われるらしい。

「でも、そうなんだ。先に志乃原さんに同じこと言われたんだな」

「おう。試合終わってすぐに言われたわ。謎に怒られながら」

　俺の言葉を聞いて、藤堂はくっくっと笑った。

「気持ち分かるわぁ。悠って毎回そんな感じだから、俺もいつか言おうと思ってたんだよな」

「え、何を」

「パス繋《つな》ぐのも立派なことだってな。さっきの試合も俺ばっか褒められてなんか無性に嫌だったし。つーか悠が真っ先に俺を褒めてそういう流れを作ったら、お前は誰からも褒められないだろ」

　藤堂は早くも空にしたペットボトルを俺の胸にコンコンと当てる。

「まあ良かったよ、今は褒めてくれるやつが傍《そば》にいるってことだもんな。違う意味で腹立ってくるわ」

「な、なんだよ。俺何て返事したらいいか分かんないぞ」

　お礼を言うのも変だと思うし、かといって冗談で返すのも何か違う気がする。

　藤堂のにやけた笑みに、やっぱり軽口を叩《たた》こうとするとスマホが震えた。

　那月からだ。

『えー、来てよ！　絶対楽しいから！』

「えぇ……」

まさか食い下がってくるとは思わなかった。

ただのお誘いにしては少し熱がありすぎないか。

「どうしたんだ？」

藤堂が興味本位で訊いてくる。

ラインの内容を他人に見せるのはマナー違反だが、まあこの内容なら見せてもいいだろう。

そもそも俺が行くより藤堂が行くほうが、場の雰囲気に合っていると思う。

「バレンタインパーティに誘われててさ。断ってたところ」

俺が言うと、藤堂もバレンタインパーティというワードに興味を惹《ひ》かれたらしく、面白そうに質問してきた。

「へえ、いいじゃん。なんで行かないんだ？　季節感抜群じゃん」

「男女ペアで入るのが条件なんだよな。お前行ってこいよ、彼女と」

俺がパーティの詳細が書いてある画像を、藤堂のスマホに送信する。

意外にも細かい字が沢山書いてあったので、見る気が起きない。

藤堂は俺の送った画像を見て、首を振った。

「いやー、確かにお洒落《しゃれ》な会場だけどな。俺はいいや」

「ええ、なんで」

「普通に日程が合わないのが一番の理由かな。俺バレンタイン当日は彼女と二人で過ごす約束してるし」

「まあ、藤堂ならそうだよな。開催されるのが当日じゃなければ、ワンチャンあった？」

俺が訊くと、藤堂はまた首を振った。

「いや、やっぱりこういうのは俺より悠が行くべきだな。志乃原さん誘って行けば？　喜んで付いて来るでしょ、あの子なら」

藤堂はコート側で雑談している志乃原に視線を向ける。

確かに、誰とでも隔てなく会話ができる志乃原なら喜んで来そうだ。

「確かに、あいつコミュ力すげーあるもんな」

「……そういう意味で言ったんじゃないけど、まあそれもそうだな。で、どうなのよ」

「なしだな。あいつ未成年だし」

俺が一蹴すると、藤堂は頷いた。

「あーそうか、年齢確認あったら面倒だもんな」

納得の仕方が非倫理的ではあるのだが、まあそれはご愛嬌《あいきょう》。

俺も藤堂に「そうそう」と頷《うなず》き、スポーツドリンクを飲み干した。

「じゃ、彩華さんは？」

藤堂は何の気なしに訊いてくる。

俺はその問いにもかぶりを振った。

「俺も考えたんだけどな。無理でしょ、どう考えても」

「その心は？」

「俺と違って、あいつは多忙」

俺が告げると、藤堂は息を吐いた。

「あのなあ、そんなの誘ってみないと分かんないだろ」

「分かるって。お前あいつのコミュニティの広さ知らないだろ」

「知ってるっつの。この前俺が行った別サークルの飲み会に、彩華さんいたし。めっちゃ馴染んでたし」

「こっわ……」

大学で彩華と知り合った人からしてみれば、彩華が俺と特別仲良くしていることを常々疑問に思うことだろう。

実際俺も、逆の立場なら同じことを思うに違いないという確信がある。

「まあ物は試しに、電話してみなって。他にあてもないんだろ」

藤堂は背中を押すように促してくる。

俺は仕方なく、彩華に電話を掛けた。

発信音を聞きながら、別にメッセージでも良かったなと思った。

四コールほど待った後、発信音が途絶えて雑音が入る。

次に、コツコツという足音が聞こえてきた。

どうやら彩華は現在、外にいるようだ。

『もしもーし』

「おっす彩華。バレンタイン当日にパーティあるらしいんだけど、一緒に行こうぜ」

俺が誘うと、藤堂は「いきなり⁉」と小声で笑う。

他の女子にならもう少し違う対応を取るのだが、彩華にならこれくらいが話も早くて丁度いい。

無論、断られることが前提なので気が楽だということもある。

『なによ、唐突ね。分かったわ、空けておくわね』

「は⁉」

俺は耳を疑った。

『びっくりした、どうしたの』

「どうしたもなにも……」

バレンタイン当日に彩華が空いているなんて奇跡みたいなものだ。

驚いて当然である。

「……随分あっさりだな。予定とかなかったのか？」

『野暮《やぼ》なこと聞かないでよ、私が分かったって言ったんだから』

その返事から、予定があったんだなと察する。

先約があった上で、俺からの誘いを了承したのだ。

何の予定を断るのかは分からないが、先約に申し訳ない。

ただいくら彩華でも人付き合いの上で重要になるような予定を断ることはないだろうし、
そういう意味では罪悪感も薄い。

『それじゃ、もうすぐバイト先に着くから。またね』

「あ、バイトなんだ。そっか」

了承されたということは、俺のバレンタインにも予定ができたということだ。

そんな考えを巡らせながら口を開くと、思いの外歯切れの悪い返事をしてしまった。

彩華は『なによ』と小さく笑う。

『もう少し電話繋いどく？』

「あぁ、いや、いい。今サークルでバスケしてるし」

『はっ、何よ！　ちょっと可愛《かわい》いって思っちゃった私の乙女心返しなさいよ！』

「し、知るか！　勝手に思ってろ！」

俺が大きな声を出すと、サークル員がこちらに注目してきた。

藤堂は素知らぬふりでバッシュの紐《ひも》を結んでいる。

「じゃ、バイト頑張れよ」

『なんか釈然としないけど、まあいいわ。じゃあね、ありがと』

最後にお礼を言われ、彩華との通話は途切れた。

藤堂を見ると、親指を立てて白い歯を見せている。

「ほらな！」

「……だな。びっくりだわ」

「とーぜんとーぜん」

笑いながら、藤堂は軽やかに腰を上げた。

「飲み会の時さ。何故《なぜ》か俺のサークル飲みに、彩華さんがいた時の」

「さっき言ってた時のやつ？」

「そうそう。そこで一回、彩華さんに悠のサークルでの様子を話したんだよ」

「余計な話すんなよな」

俺が口を尖《とが》らすと、藤堂は両手を合わせる。

「ごめんって。でもな、やっぱ違ってたよ、彩華さんの反応。なんていうか、ほんとに仲良いのが伝わってきて面白かった」

「……それは、まあ」

素直に嬉《うれ》しいことではあるのだが。

彩華は俺がいないところでも、俺と仲が良いことを公言しているのか。

──本当に良い環境が手に入ったんだな。

「良かった良かった」

「はは、なんだそれ」

藤堂は屈伸しながら笑う。

次の試合に向けての準備運動を始めているようだ。

体育館へ再入場してきた志乃原が視界に入ったので、俺も腰を上げる。

藤堂と違い、俺の腰はとても重い。

やはりまだまだ運動が足りないなと、息を吐いた。

第3話 バレンタインパーティ

大学の長い長い春休みに突入してから、約二週間が経《た》った。

特に目立った予定もなく、週に二回バイトに行き、週に一回サークルに行ってバスケをする。

それ以外は家でだらだらとした時間を過ごすという、俺の春休みは既に色のないパターン化に飲み込まれようとしていた。

大学生の長期休みは始まる前こそ浮き立つ気持ちになるが、いざ始まれば延々と意義のない時間を過ごしてしまう学生も多い。

そして講義が再開される時期になると、もっと意義のある時間を過ごせばよかったと後悔するのだ。

そんな俺のような怠惰な学生が色のない生活パターンから抜け出す方法はいくつかある。

その内の一つが、何らかのイベントに参加することだ。

今日は二月十四日のバレンタインデー。

この長期休み中に予定を入れている、数少ないイベント事が今日だ。

「先輩、今日は私予定あるんで夜ご飯はなしですよー」

「んー大丈夫、俺も今日予定あるから」

漫画を読みながら言ってきた志乃原《しのはら》に、平たい声で返事をする。

志乃原は俺の返事を聞くと、仰向《あおむ》けの体勢から起き上がり、胡座《あぐら》をかいた。

「おお、珍しいですね。今日バイトとかサークルの日じゃないのに」

「なんで把握してんだよ怖いわ……」

「ちょ、人聞きの悪いこと言わないでくださいよ！　先輩がご丁寧にスケジュールを書き込んでるカレンダー見たら一目瞭然ですもん！」

志乃原はカレンダーのある方向へビシッと指を差した。

それに釣られるようにそちらを見ると、確かに俺はバイトとサークルの日には色ペンで印を付けている。

だが、今日の日付の場所は空欄のままだ。

そのことに疑問を感じたのか、志乃原は小首を傾《かし》げた。

「先輩の今日のご予定はどんな感じで？」

「パーティかな」

那月《なつき》から誘われたバレンタインパーティだ。

俺にとっての数少ない、刺激あるイベント。

といってもパーティに参加するだけで、これといって特別なことがあるわけではないのだが。

「へえ、パーティ！　楽しそうですね、何のパーティなんですか？」

志乃原は目をキラキラとさせて訊《き》いてくる。

「生憎《あいにく》、未成年立ち入り禁止のパーティだ」

「えっ」

志乃原は俺の答えを聞くと、顔を赤らめた。

「……その、こういう時って笑って送り出してあげるのが正解なんでしょうか」

「はい？」

「た、楽しんできてくださいって女の子が言うのも何か違いますし……」

「……どんな愉快な勘違いしてるかは知らないけど、大学生御用達《ごようたし》のパーティだぞ。未成年禁止って単語に反応しすぎ」

俺が冷静に返すと、志乃原は一瞬ポカンとした後、口を開いた。

「せ……先輩現在、私の醜態楽しむ変態！」

「微妙に上手《うま》い韻踏んでんじゃねえ！」

「さっきの言葉じゃ誰だって勘違いしますもん！」

志乃原はそう言ってベッドから降りて、漫画を本棚に戻す。

そして続巻を取り出し、再び俺のベッドへ勢いよく腰を下ろした。

そんな志乃原の様子を見て、俺は息を吐いた。

今日はパーティへ赴くため、彩華《あやか》と十八時に駅前で待ち合わせの約束をしている。

現在時計の針は十七時を示しているので、そろそろ支度を始めなければいけないのだが、目の前で漫画を読み耽《ふけ》ろうとする志乃原がそれを防いでいた。

流石《さすが》に他人を一人自宅に置いて外出するのは気が引ける。

——他人、か。

チラリと、志乃原を横目に見る。

志乃原は週に何度も俺の家へ訪問してくる。

普通ならそのことに対しあまり良い気はしないのだろうが、志乃原にはそれを許容させる何かがあった。

志乃原が俺のルーティン化した生活に色を与えていることは事実で、俺もなんだかんだそれを気に入ってしまっているのかもしれない。

「ご飯美味《おい》しいしなー」

「……なんだか現金な台詞《せりふ》が聞こえましたが、まあいいです。今は読書中なので」

漫画を読むのが読書に入るのかは意見が分かれるところだが、とりあえず今は志乃原を家から出すのが先決だ。

「んで、志乃原。そろそろ帰れよ。言ったろ、俺今日予定あるんだって」

約束の時間まであと一時間。集合場所の駅までは四十分以上掛かるので、かなりギリギリの時間になってきた。

「帰りますよぉ。でもちょっっと待ってください、今すっごい良いところなんで」

「そんな序盤から良いシーンあったっけ……？」

「あります、ありますよ！」

先日読ませた週刊少年誌をきっかけに、志乃原は俺の部屋に置いてある漫画の虜《とりこ》になってしまった。

俺の家に通うようになるまで少年誌を読んだことは殆《ほとん》ど無かったらしい。

この後輩が今読んでいるのは最近破竹の快進撃を続ける漫画なので、読み耽ってしまう気持ちも分かる。

俺は仕方なく一旦志乃原を部屋から出すことを諦めて、外出の支度を始める。

志乃原は俺が探し物をしているとベッドの上へ避難したりして、邪魔にならない最低限の配慮はしてくれた。

支度が終わると、俺はぶっきらぼうに声を掛ける。

「ぶっちゃけ家から出る気あるの？　お前も今日、予定あるんだろ」

彩華と同じく、志乃原にも予定が入っていることは先程当人の口から確認済み。

その予定前に俺の家へ漫画を読みに来るなんて少し呑気《のんき》すぎやしないか。

言ってくれれば、漫画くらい幾らでも貸してやるのに。

「ありますよ。この巻読んだら私も買い物に行きますね」

今出て行く気はないということは、その返事でよく伝わってきた。

だが力ずくで追い出すには、俺は志乃原から恩恵を受けすぎていて、とてもじゃないができない。

俺は不本意ながらも決心して、家の鍵を志乃原に放った。

「ほら、これで戸締りしとけよ」

「はーい……はい⁉　えっ鍵⁉」

志乃原が漫画を閉じて、太ももに落ちた鍵を拾い上げる。

お前の漫画に対する熱意はそんなものだったのかという、的外れな叱責をしたい気持ちを我慢する。

話を拗《こじ》らせては時間をロスするだけだ。

「鍵だよ。んでちゃんとポストに入れといてくれ。無くすなよ、もう一回作ってもらうの意外と高いんだからな」

経験者は語る。

中学生の時に家の鍵を無くし新しい鍵をお小遣いで作らされたせいで、暫《しばら》く金欠になったことは忘れない。

生憎《あいにく》半年程前に鍵を一本無くしてしまっており、現在合鍵を持ち合わせていないので、しっかり返してもらう必要がある。

それに、その鍵には大事な想《おも》い出《で》が詰まっているのだ。

――やっぱりあの鍵を志乃原に渡すのはやめておこう。

瞬時に思い直し、掌《てのひら》を差し出そうとして、志乃原の表情を視認し引っ込めた。

「か、返すんだ。合鍵とかではなく、ちゃんと返すんですね。――いやでも、あれですね。こうなんか、一歩前進っていうか」

志乃原は鍵を大事そうに摘《つま》みながら、ついているキーホルダーを見て口元を緩めている。

「このキーホルダーも、可愛《かわい》いし」

「……だろ」

その一言で、再度俺はその鍵を志乃原に貸す決心をした。

雪豹《ゆきひょう》を可愛く模したキーホルダー。

アイツの、お気に入りのキーホルダー。

志乃原に貸すのは少しばかり気が重いが、ここでキーホルダーだけ回収するのは些《いささ》か不自然だ。

俺は下ろしたてのクラッチバッグを片手に、リビングを後にする。

「いってらっしゃーい！」という元気な挨拶を背中に受けながら玄関を出ると、俺は思わず息を吐いた。

白い息が昇っていく。

それをボーッと眺めながら色々なことに思考を巡らせ、辿《たど》り着いたのが今日はバレンタインデーだということだった。

志乃原から「今日も家行きますね」とラインが届いた時はチョコを貰《もら》える気でいたのだが、結局志乃原はチョコを渡すどころか、チョコを持ってきている素ぶりすら見せなかった。

チョコが貰えなくて特別残念という気持ちは薄いものの、やはり気分が多少沈むことには変わりない。

まあ、貰えないという結果もある意味当然のことかもしれないが。

それでもチョコの数で浮き沈みするこの気持ちばかりは、大学生になっても変わらないのだなと思う。

「なんだよ、女々しいやつ」

自分に向けて呟《つぶや》くと、俺は駅へ駆け出した。

◇◆

駅へ着くと約束の時間である十八時。

忙《せわ》しなく行き交う人混みの中、見慣れた後ろ姿を見つける。

「彩華」

呼び声に振り向いた彩華は、心なしかいつもより目を引くメイクだ。服も黒をベースにシルバーのアクセサリーがキラリと輝く高級感漂うコーデで、人混みの中で真っ先に見つけられた理由も分かる。

彩華は俺を確認すると、ヒールをカツカツと鳴らして歩み寄ってきた。

「やっほ、久しぶり。会うのは飲み会以来ね」

「だな。実際そんな経《た》ってる気はしないけど」

彩華とは春休みに入ってから会う機会こそ無かったものの、電話を何回かしていたことであまり久しく感じない。

だがいつもよりも更に綺麗《きれい》に感じさせる顔立ちが、俺を僅かばかり緊張させた。

長くなってきた付き合いでも緊張させてくるなんて、相当気合いが入っているのだろう。

かくいう俺自身は、大学生御用達のパーティだということでいつも通りの格好だ。

もう少しちゃんとした服装でなければならなかったのかもしれない。

後悔していると、彩華がそこを突くように言い放った。

「あんた服フツーすぎ。それ講義受けに行く格好じゃん」

「い、いいじゃねえか別に。酒飲んで話すだけだろ」

痛いところを突かれて顔を背ける俺に、彩華は呆《あき》れたような声を出す。

「あんたねぇ、那月から送られてきたっていう画像しっかり見てないの」

「何が？」

「何がって……バレンタインの企画よ。男女がランダムでペア組んでお喋《しゃべ》りして、気に入られたら男子はその女子からチョコ貰えるの。そのおかげで私大変だったんだから、チョコ作るの」

「は⁉」

――なんだその地獄のような企画は。

慌てて那月とのトーク画面を開いて確認すると、本当にその旨が記載されている。

初対面の女に気に入られないとチョコを貰えないなら、貰えないままで結構だ。

だが貰えないことに対して精神的ダメージがあることに変わりはない。

一つも貰えなかった日には彩華に泣きつくことになるだろう。

「今から帰るのってなしだよな？」

念のために確認すると、彩華は怒ったように紙袋をかざして見せた。

「なしに決まってんでしょ。わっざわざ今日のためにチョコ作ってきたんだから。ペアがいなきゃそもそも会場に入れないっての」

「そこはまあ、同じような境遇の男を見つけるだとか」

「嫌よ面倒くさい。安心しなさい、私はあんたにチョコあげるつもりだからゼロにはならないわ」

その返事を聞いて少しだけ気持ちが持ち直す。

彩華とは長い付き合いだが、今までにチョコを貰ったことはない。

たとえ貰えるものが義理のチョコであろうと、手作りであることには変わりない。

……そのことを慰めに、パーティに耐えるしかない。

「何よその顔。不満だっての、私のチョコが」

彩華がムッとした表情で俺を見上げた。

俺は慌てて手を振り否定する。

「いや、不満じゃない。それがなきゃ今すぐ逃走してたところだ」

「そう、ならいいけど。私こういう機会でもなければ基本的に人にチョコなんかあげないんだから」

「なんで？」

「なんでって、昔の教訓よ。女同士の血みどろ戦争に巻き込まれたくなかったから。結局性格に難ありって言われてたみたいだけど」

高校生の時のことを言っているのだろう。

顔立ちの整った女子がそういった抗争に巻き込まれやすいことは、俺も身をもって知っている。

「まあお前みたいなやつは何しても言われる時は言われるんだ。諦めろ」

「ちょっと、今の慰めるところよ？　なに追い討ちかけてくれてんの？」

「お前そういうことで俺から慰められんのやだろ。俺も慰めたくねえ」

「……まあ言われてみればそうかもしれないけど。そう、だから今日は気合い入れて何個もチョコ作ったの」

彩華は「どうよ」と袋をかざした。

だが中身を覗《のぞ》く前に、聞き捨てならない言葉が混ざっていた気がして首を傾《かし》げる。

「なんでチョコ何個も持ってきてんだよ。普通一個じゃねえの」

俺が訊《き》くと、彩華は呆れたような声色で答えた。

「あのねえ、一人一個だけじゃあんたみたいな哀れな男が何人も出ちゃうでしょ。ちゃんと複数作ってきてくださいって明記されてたわよ」

「なるほど、みんな多めに作ってきている訳か……大変だな、女子も」

そういうことなら彩華のチョコも希少価値が落ちる。

嬉《うれ》しいことには変わりないが、やはり少し残念だ。

そう思いながら彩華のぶら下げている紙袋に視線を落とすと、紙袋の中には明らかに十個程度チョコが入っているように見えた。

「にしても作りすぎだろ。何のためにこんな作るんだ」

「彼氏候補見つけるのよ、弾は多いに越したことはないから」

「そんなんだから元坂《もとさか》みたいな男が寄ってくるんだぞ」

「うっさいわね、下手な鉄砲もなんとやらよ」

「下手って自覚してんじゃねえか。……まぁお前なりに今日のために努力してきたのは分かったよ。仕方ないな」

彩華の言うことを鑑みると、運営は男だけに酷《ひど》い扱いをしているとは言えない。

女子も面倒なチョコ作りを強いられているようだし、それならば俺も今日は頑張るしかないと腹をくくろう。

そう思いかけたその時、彩華がいらない一言を付け加えた。

「その分女子は参加費五百円だけどね」

「おい、俺確か四千三百円だぞ！　ふざけんな！」

「出会い系紛《まが》いのパーティなんてどこもそんなもんでしょ。むしろ安いわよ、チョコ恵んで貰えるだけ感謝しなさい」

「行きたくねえ！　せめて着替えさせて！」

「ちょ、喚《わめ》くなうっさい！」

後頭部をバシンと叩《たた》かれる。

派手な音がしたが、そんな痛みよりこれから起こると想像できる胸の痛みの方が、よほど重大な問題だった。

◇◆

「確認が取れました。お入り下さい」

スタッフから入場券を渡されて中へ案内されると、軽く百人は入りそうな会場だった。

実際にいる人数は四十人ほどなので、随分広々しているように感じられる。

更に高層ビルのワンフロアを会場にしているため、夜景が一望できた。

高級感を味わえるのにもかかわらず値段も比較的リーズナブルなため、学生からの人気が高い会場だという触れ込みにも頷《うなず》ける。

「へえ、案外しっかりしたところね。会場には期待してなかったんだけど」

「普通こういうとこ行こうと思ったら参加費だけで七千円くらいは飛んでいきそうなもんだけどな」

俺が感心していると、彩華は怪訝《けげん》な顔をした。

「何言ってんの、それくらいいくわよ。ドリンクオーダー制だし」

「えっここからまた金取られんの⁉」

「声が大きい！」

彩華が二の腕をぎゅっと抓《つね》る。

ジンジン痛む腕を撫《な》でていると、会場に見覚えのある姿を見つけた。

パーティに誘ってきた那月だ。

声を掛けようとしたが、那月もまた隣にいる男と談笑していた。

そして、その男にも見覚えがあった。

「彩華、那月の隣にいる男って」

「げっ」

彩華が思い切り顔を顰《しか》めた。

那月の隣にいるのは、元坂遊動《ゆうどう》だ。

クリスマスの合コンで彩華ら女子勢に下品な話を振りまくった挙句、乱入してきた志乃原に振られた男。

彩華が幹事を務めたにもかかわらず失敗に終わったその合コンは、彩華本人にとって苦い記憶となっているだろう。

「なんであの人がここにいんのよ。てかあいつ那月と友達だったの？」

「お前が知らないことを俺が知るわけないだろ。絡まれなきゃいいなあ」

「あんたは女子としか話さないんだからいいでしょ」

「お前もいつもみたいに猫被《かぶ》れば余裕じゃねえか」

「なんですってこの――」

彩華が言いかけた時、会場全体に音声が響き渡った。

会場は薄暗くなり、表に出てきた男のみに照明が当てられる。

「本日はようこそお越しくださいました、バレンタインパーティ主催の津田《つだ》です」

そう名乗った男性は若く、まだ学生にも見える。

彩華は若干退屈そうに主催者を眺めていたが、周りは目を輝かせている人も多い。

「突然ですが、今日既にチョコ貰《もら》ったよって人ー！」

主催者が手を挙げて質問すると、疎《まば》らに手が上がる。

元坂も誇らしげに手を挙げていた。

彩華が肩を叩いてきたので、耳を近付ける。

「あんたは貰った？」

「貰ってねえしこれから貰える気もしねえよ」

「なによ、私のも数に入れなさいよね」

　そうは言っても、彩華のチョコの希少価値の低さはこの会場で一番なのではないだろうか。

　複数チョコを作っている人はいるだろうが、彩華のように紙袋が膨れるほど持ってきている人は何処《どこ》を見渡しても見当たらない。

「当たるといいな、豆鉄砲」

「豆鉄砲って言わないで。立派な大砲よ」

「大砲は何発も連射できねえよ」

「私は弾を詰め込む速さが違うから」

　彩華が得意げに言う。

　俺が更に言葉を返そうとした時、茶髪のマッシュボブがそれを遮った。

「彩ちゃんっ」

　那月だ。

　相変わらずの大きな黒縁眼鏡《めがね》をかけており、後ろには元坂を連れている。

「彩ちゃん、来てくれたんだ嬉しい！　今日楽しもうね！」

「那月〜！　私こういうの女子一人じゃ心細かったから、那月が誘ってくれていいきっかけになったよ〜！」

小声できゃっきゃと喋《しゃべ》る彩華の切り替えの速さに目を見張る。

元坂も暗がりの中の彩華に気付いたらしく、テンションが上がったように口を開いた。

「彩華ちゃんお久じゃね？　まじアツいわ来てよかった！　もしかして俺にもチョコくれる感じ？」

「元坂くんお久、そうなの、分量間違えて作りすぎちゃって〜。勿論《もちろん》あげるよ、こうなったらペアになった人全員にあげたいなって思うし！」

俺はニッコリ笑う彩華から離れる。

後で怒られるかもしれないが、あの場にいるよりは一人でいた方がマシだ。

幸い会場は主催者が立っている場所以外は薄暗くなっており目立つことはない。

「それでは皆さん、お持ちの入場券をお確かめください！　番号が書かれているのが分かりますか？」

主催者の説明にポケットから入場券を取り出すと、見えにくいが確かに大きな文字で31と書かれている。

「このように、参加者一人一人に番号が割り振られています。この番号でランダムにペアを作ります。十分ごとに前に貼り出すので、各自号令があったら確認しにきてください。入場券の端にワンドリンクのサービス券が付いているので、カウンターにて切り離してお使い下さい！」

男女比の擦り合わせといい番号の振り分けといい、随分と参加者任せな企画だ。

手書きの模造紙には照明が当たっており、薄暗い中でも確認できる最低限の配慮はしているようだったが、俺はそう思う。

前へ赴き、ようやく自分の番号を探し当てると、相手は14番と書かれていた。

周りを見渡すと皆それぞれ「40番の人いませんかー」などと相手の番号を口に出して歩き回っている。

この薄暗い会場の中から相手を自分で探さなければならないことに絶望しながら、俺も周りに倣ってしぶしぶと歩き始めた。

数十秒間「14番の方ー」と探していると、ようやく返事が耳に届く。

数ある人探しの中でも、今の数十秒は俺にとってかなりの地獄だった。

「はい、私14番です～」

聞き覚えのある声だ。

声の主に近寄ると、先程彩華と話していた那月だった。

「あれ、なんだ那月か」

俺がホッとした声を出すと、那月は少しつまらなそうに反応した。

「ありゃ、悠太《ゆうた》だ。なんだ知り合いじゃーん」

「失礼なやつだな！」

「先になんだって言ったのそっちだし」

「あ、そっか。ごめんごめん」

口をついて出た言葉に意味などなかったのだが、確かに失礼だと捉えられても仕方ない言い回しだった。

素直に謝ると、那月も気にしてないよと笑う。

那月も冗談で口を尖《とが》らせただけのようだ。

「もー、ほんと素直な人なんだから」

愛嬌《あいきよう》のある笑顔でそう言われ、あのサークルに入っているだけのことはあると勝手な感想を抱く。

「じゃ、とりあえず雑談しよっか。今日は来てくれてありがとね」

「ありがとって……やっぱ那月って運営の人？」

こういったパーティは参加者の中に運営が紛れていると聞いたことがある。

だが那月は首を振った。

「違うよ。私は運営の人と友達なだけ。だから入場枠を多めに貰ったの、友達を入れられるように」

「ああ、それで俺誘ってくれたんだな」

「そういうこと！　友達多い方が楽しいしね～」

「ふーん。でもなんで俺だったんだ？」

交友関係の広そうな那月なら、誘う友達は他にいくらでもいたはずだ。

仲良くなりたてということで特別不自然なことではないのだが、それでもどこか引っかかるものがあった。

「なんでって。そうね、そのうち分かるかな？」

「なんだよそれ」

含みのある言い方に俺は苦笑いする。

だがこれ以上この話をしても那月は何も言わないだろう。

明るい笑顔に、これ以上質問しても答えないという意志を感じ取る。

それならもう一つ気になっていることを尋ねようと、話題を転換させた。

「このパーティって欠席者が出たら番号の振り分けとかどうなるんだ？　ペア出来なかったりしねえの？」

今度の那月は人差し指を頬《ほお》に当てて、「どうだったかなあ」と首を傾《かし》げる。

あざとい。

だが志乃原のあざとさとは、何処か毛色が違うように思えた。

「あっ、そうそう。番号は運営の人たちがその場で決めてるの。男女のペアでないと入場ができないのは、欠席者によって男女比が変わらないようにするためみたい」

「へえ。参加者にとっては面倒だけど、運営からしたら色んな手間が省けてるわけだ」

俺はその説明でひとまず納得して頷《うなず》いた。

そこからは、以前のように好きな漫画の話などで時間を潰した。

共通の話題があれば、こういう場面で苦労せずに済む。

志乃原に読ませている漫画は那月も好きだったらしく、話はそこそこ盛り上がった。

「時間になりましたので、短い間でしたがペア変更とさせていただきます！」

漫画の話に花を咲かせていると、主催者からペア変更の旨を伝えられる。

「最初のペアが悠太で良かった！　大分緊張ほぐれた気がする」

「俺もだわ。ありがとな」

そう言うと、自然に視線が那月の持つ紙袋へと落ちた。

わざとではないが、チョコをせびっているように感じられるのは不本意だと、瞬時に視線を釣り上げる。

だが那月は俺が紙袋の中を見ていたことに気付いたようで、口を開いた。

「ごめん、チョコはあげられない。知り合いにあげるのはなんか今日来た意味薄れるし」

申し訳なさそうに謝る那月に、俺は猛烈に恥ずかしくなった。

羞恥心を誤魔化《ごまか》すように、俺は笑いながら手をぶんぶんと振った。

「い、いいよチョコの数が少なかったらそれが当然だし！　大量に作ってる彩華がおかしいんだって」

「あはは、それはそうかも」

羞恥心を誤魔化すために彩華の名前を出したことを、心の中で謝罪する。

当の彩華は丸眼鏡を掛けた男とまだ談笑していた。

傍《はた》から見れば上手《うま》くいっているのだが、その笑顔が本物でないと知っている俺は思わず溜息《ためいき》を吐《つ》く。

こうした場で出会う初対面の相手にまで猫を被っていたら、彩華の欲しい彼氏はいつまで経《た》ってもできないいんじゃないかと思ってしまう。

表面しか見ずに言い寄られることを是《ぜ》としないなら、自ら全て曝《さら》け出す他ないだろうに。

だが初対面の人に素を見せないのはあのことがあったからだろうし、何とももどかしい気持ちだ。

「彩ちゃんとは付き合わないの？」

「前も言ったけど、それはないかな」

「えー。でもずっと仲良いんだよね？」

「まあ、そうだけど」

彩華と長い付き合いだということを、那月に言ったことがあっただろうか。

まあきっと藤堂《とうどう》と同じように、彩華本人の口から聞いたんだろう。

「じゃ、そろそろ私はお暇《いとま》します。ありがとうね！」

そう言い残して、那月は俺の元を去って行った。

那月の後ろ姿に胸がざわつくのを感じた。

第4話　再来

那月《なつき》と離れた後、俺は曲がりなりにもパーティを楽しんでいた。

場慣れというやつだ。

ペアを組んだ人数が那月を合わせて四人になったところで、主催者の声が会場に響く。

「それではここで一旦休憩とさせていただきます。お手洗いなどは奥の出口を出た廊下、突き当たり右にございます――」

「えー、盛り上がってきてたのに」

俺と話していた女の子が不満げにボヤく。

他愛《たあい》もない世間話しかしていないが、この女の子が今までで一番話が盛り上がった気がする。

もっとも自分の勘違いである可能性もあるが、杞憂《きゆう》だったようで女の子は鞄《かばん》から装飾された包みを取り出した。

「はいこれ、あげる」

「えっいいの？」

驚くと、女の子はおかしそうに笑った。

耳元のイヤリングが揺れる。

「いいよー、楽しかったし。びっくりしてるってことは、私のチョコが初めてかな？」

「ああ、初めて初めて。別れ際まで楽しそうにしてくれる人もいたけど、そのままじゃあねーって感じだった」

「そうなんだー。うん、分かるかも、その気持ち」

俺の掌《てのひら》に包みを渡すと、女の子はグッと身体《からだ》を伸ばす。

「君、全然踏み込んだ話してこないもんね。楽しいけど、楽しいだけでその先に進む程じゃないんだろうな」

「え、逆に他の男って踏み込んだ話してくるの？」

「してくるよ？　恋バナとか。ほんとの世間話だけで終わったのって、このパーティでは君が初めて」

初対面の人には当たり障りのない話をするのが普通だと思っていたので、意外に思う。

だがこうしたパーティでは、短時間で仲を深めるためにあえてそうした話題を振るのだろうかと納得もできた。

もっとも、自分が同じことをできる気はしないのだが。

「私も多分あなたと同じタイプなんだー。初対面の人と踏み込んだ話するの、あんまり好きじゃなくて。だから君と話すのは、心地いい時間でした」

「そ、そう。どうも」

気恥ずかしくなって落ち着かなくなる。

初対面の女の子に真《ま》っ直《す》ぐな褒め言葉を貰《もら》った経験なんて、覚えがなかった。

女の子は何か続きを待っている様子だったが、俺が何も言いそうにないのを確認すると、口元を緩めた。

「じゃ、また。どこかで会えたらいいね」

「お、おう。また」

女の子は最後にニコッと笑って、会場の喧騒《けんそう》の中へと戻っていく。

俺は内心嬉《うれ》しい気持ちで小躍りしそうになった。

休憩時間が始まり、纏《まと》まりの無くなった会場でみんなは気ままに過ごしている。

女の子が見えなくなったのを確認すると、俺は先程の女の子のように身体を伸ばす。

手にはチョコが収まっており、その存在がこの会場にいることを肯定してくれるように感じる。

軽量だが、確かにそこにある。

俺が改めて包装を眺めようとすると、後ろから声が掛かった。

「貰ったんだ、チョコ」

彩華《あやか》は面白そうに包装を眺めてきた。

紙袋の中身はいくらか減っていて、ペアになった人全員にチョコを渡したのだろうと推測できる。

「さっきの子に初めて貰った。めちゃ嬉しい」

「ふーん。でもさっきの様子見るに、もっと嬉しいことが起こるはずだったのにね」

心当たりがないので首を捻《ひね》っていると、彩華は呆《あき》れたような表情を浮かべた。

「馬鹿ねあんた。さっきのは連絡先訊《き》くところでしょ」

「え、なんで」

「話が盛り上がったからじゃないの？　あんたたちの会話をずっと聞いてたわけじゃないから理由は知らないけど、あの子がそういう言葉を待っていたのは外から見てても分かったわ」

別れ際に少し間が空いたのは、それが理由だったのだろうか。

惜しいことをしたと思い始めたが、終わったことなので仕方がない。

「こういうのは一期一会だからいいんだよ」と精一杯の見栄《みえ》を張る。

彩華が見透かしたように笑った。

「……休憩時間って何分だっけ」

「十分って言ってたわ。ねえ、ちょっと廊下に出ない？　ここは人が多いし」

そう提案しながら、彩華の足はもう出口に向かっている。

返事を聞く気もないのが彩華らしい。

仕方なく付いていくと廊下は二手に分かれており、トイレの無い方には人が殆《ほとん》どいない。

壁にもたれかかると、思わず欠伸《あくび》が出てしまった。

「あんたも疲れてるのね」

「いや、どうかな。多分眠いだけだよ」

「そう。あんたって意外と初対面の人と話すの上手いわよね、高校の時から思ってたけど」

「上手いっていうか……普通だろ。普通に話して、たまに盛り上がるくらいは。お前と比べたら、俺なんて下の下だよ」

そう言うと、彩華は表情を曇らせた。

「私、上手くないわよ」

「なんで。いつも盛り上がってんじゃん」

彩華がいる場所はいつも笑い声が絶えない印象がある。

それは高校の時から、一時期を除いて何ら変わらないことだ。

彩華のような場を盛り上げてくれる人が初見のグループに混じってくれたら、きっと周りも楽だろうなと思う。

だが彩華はかぶりを振った。

「盛り上がってるかもしれないけど。あんたと喋《しゃべ》る時みたいに、ざっくばらんに話せないのよね。恋人探すなら、最初から素《す》を見せた方が楽に決まってるのに。そういう意味じゃ、最初から素丸出しで喋って関係築いていくあんたが羨ましいわ」

「俺だって初対面の人にはなるべく明るく接するようにしてるぞ。お前と話してる時みたいに素丸出しじゃねえよ」

「……そうかな。ま、隣の芝生は青いってやつね」

「そうだよ」

彩華の言葉に頷《うなず》く。

世渡りに教科書は存在しない。

学校の勉強みたく単元ごとに分けて教えてくれたらいいのにと思ったこともあるが、そういったことを教えてくれるのは学生には手の取りにくいエッセイ本ばかりだ。

それでも、彩華を見ていれば学べることがある。

彩華の世渡り術は天性のものではなく、意識的なものだ。

それは高校時代の彩華を知っていれば分かること。

志乃原《しのはら》のような天性のものであれば、見ていても「凄《すご》い」という感想しか出てこない。

だが意識的に変わった彩華を見ると、何かを吸収できる気がするのだ。

仮に俺が彩華の言うように初対面の人と話すのが上手《うま》いのだとしたら、それは彩華から学び取った結果に他ならない。

そうだとしたら。

「だとしたら、やっぱりお前は凄いよ」

「……話の流れがイマイチ摑《つか》めないけど。まあ、ありがと」

彩華は眉を八の字にして、小さく笑った。

親しい人にしか見せない、その表情。

──そうだよ、それを見せればいいんだよ。

俺は口には出さず、心の中で言った。

彩華は暫《しばら》くの間、ぼーっと窓の外の景色を眺めていたが、やがて壁に預けていた背中を戻し、口を開いた。

「早いけど、もう戻りましょうか。十分って意外に早いし」

「だな。ここに居ると司会の声も聞こえないし」

「私お手洗い行ってくるから、先に入場してて。あと、チョコ入った袋持ってて。落とさないでね」

紙袋を渡すと、彩華はトイレの方向へ歩いて行った。

◇◆

会場に入ると、学生たちの話し声が迎えてくる。

薄暗い照明は心理的な効果も狙っているのだろうか。

バレンタインパーティが始まって一時間以上経《た》ったが、まだもう一時間ほど残っている。

ペアを作ってチョコを貰う企画はラスト一回とのことなので、最低限そこまでは参加するつもりだ。

照明が明るめの場所へと移動すると、そこはドリンクを受け取るカウンターだった。

主催者が最初の挨拶で、入場券の端がドリンクのサービス券になっていると言っていたことを思い出す。

入場券をちぎり、サービス券をスタッフに渡す。

「メニューはいかがいたしますか？」

「えーと、スクリュードライバー」

数少ない、名前を覚えているカクテルを注文した。

スクリュードライバーは確かウォッカをベースに、オレンジジュースで割ったカクテルだ。

ドライジンがベースならオレンジブロッサムと名前が変わるのだが、味の違いは正直まだよく分かっていない。

スクリュードライバーを受け取ると、零《こぼ》れないように少し飲む。

口当たりが良く飲みやすいのと裏腹にアルコール度数が高めなことからレディキラーという名前もあるらしい。

女子大生でそのことを知っている人はどれくらいいるのだろうかと思案しながら周りを見渡すと、既に酒を呷《あお》っている人もチラホラと見受けられた。

そんな中で、元坂《もとさか》の姿を視認する。

グラスを片手に、女の子を口説いている最中のようだ。

女の子は「ライン交換しようよ！」という元坂のにこやかな誘いに満更でもなさそうで、スマホを取り出していた。

初対面の相手にはあれくらい軽いノリでも良いのかもしれない。

クリスマスの合コンのような態度をとらない限り、元坂はよほど俺より人当たりの良いキャラをしている。

その証拠に貰っているチョコの数も、俺より断然多い。

バレンタインパーティは俺が思っているより残酷なシステムのようだ。

男の荷物はコインロッカーに全て入れてしまうため、どのくらいチョコを貰ったかが一目で分かってしまう。

休憩時間になっても誰かと仲良く話している人は、大抵複数のチョコを持っている。

女性は本能的にモテる男性に寄ってしまうという説を聞いたことがあるが、この光景を目の当たりにすると首を縦に振りたい気分だ。

そんなことを考えていると、那月が視界に入った。

持ってきていたチョコは誰かに渡してしまったようで、手には何も持っていない。

那月は楽な体勢で、どこか見覚えのある後ろ姿の女の子と話していた。

「時間になりましたので、パーティを再開させていただきます」

照明が一度カラフルに回り、暗転する。

次にまた照明が点灯した時には、那月ともう一人の女の子の姿は消えていた。

瞬間、誰かに後ろから背中を軽く叩《たた》かれた。

「――っ!?」

「……そこまでびっくりしなくても」

彩華は俺の手からチョコの入った紙袋を取りながら、苦笑いする。

「あ、あぁ……いや、悪い」

「なによ、変なリアクションね。暗いとこ怖いの？」

「いや、何でもない。つーか、暗いとこ怖かったらとっくに拒否反応出てるっつーの」

「あはは、確かにね。でも、あんた――」

彩華が何か言おうとすると、周りが一斉に動き始めた。

どうやらペア作りの番号がまた前に貼り出されたようだ。

「行くか」

そう言って、俺は彩華から離れ前へ出向き、番号札を確認する。

相手の番号は、２番。

「２番の人ー」

……このペアを探すための動き、次回までには改善されないだろうか。

次回もこのパーティに参加する気は無いが、これではあまりに非効率だ。

予算の兼ね合いもあるだろうし、効率化を図ることによって参加費が跳ね上がるなら話は別だが。

まあ学生だけのパーティだから、これくらいが丁度いいのかもしれない。

「2番の人～……」

今日一番の探索時間の長さに、段々うんざりとした気持ちが出てきた、その時。

「――私が、2番」

聞き覚えのある、声がした。

瞬間、先程那月の隣にいた後ろ姿が脳裏にフラッシュバックする。

――本当は、見た瞬間に判《わか》っていたのだ。

不意に視界に入ってきたその姿が信じられなかっただけで。

後ろ姿で判るくらいには、長い間付き合っていたのだから。

「やっほ、悠太《ゆうた》くん。来てたんだ」

僅かばかりに躊躇《ためら》った様子で声を掛けてくる表情は、嫌というほど知っている。

——それは別れてから二度目になる、相坂礼奈《あいさかれいな》との邂逅《かいこう》だった。

◇◆

「奇遇だね」

礼奈は小さめの声でそう言った。

司会の「十分間、ラストペアタイムスタート！」という掛け声に、礼奈の声は危うく掻《か》き消されそうになる。

礼奈自身もそれを感じ取ったのか、「聞こえたかな？」と苦笑いした。

「……聞こえたよ」

こうして礼奈を間近に見るのは先月以来だ。

別れたのはたった数ヶ月前なのに、風貌も少し変わって見えるのは、俺の心持ちが付き合っていた頃と違うからだろうか。

もっとも、礼奈のファッションへの趣向が変わり出したのは、別れる以前の話だが。

「ま、まじまじと見ないで。会うって分かってたら、もう少し気合い入れてた」

「……なんでだよ、別にいらないだろ」

別れた男と会うのに、気合いなんて必要ないはずだ。

だが礼奈は首を振って応えた。

「ううん、いるよ。悠太くんのことだから、別れた男と会うのに気合いなんていらないって思ってるんだろうけど」

思考を見透かされたようで、俺は思わず目を逸《そ》らす。

伊達《だて》に一年間付き合っていた訳ではないということか。

「だからこそ、いるんだよ？」

礼奈はそう言って、頰《ほお》を搔《か》く。

元カレを前にしてなんでそんなに柔らかい表情を浮かべることができるのか、理解に苦しむ。

「……腹痛い。トイレ行きたくなってきた」

「え、大丈夫？　何かあたったの？」

……この嘘《うそ》は分からないのかよ。

だが、それも当然だ。

何年も共に過ごしてきた家族にすらバレない嘘もあるのだから、別れた彼女に全てが分かるはずもない。

「……嘘だよ」

「えっ酷《ひど》い」

「酷いもんか」

——浮気の方が、百倍酷い。

その言葉をやっとのことで飲み込む。

テストお疲れ飲み会の途中で掛かってきた電話を思い出す。

『私、浮気してないから』と告げた、あの電話だ。

そのことが仮に、仮に本当なら、俺の叱責は的外れなものになってしまう。

あの電話について、訊《き》きたい気持ちはあるものの。

「……ま、今は普通に話そう」

恐らく、礼奈もそれを望んでいる。

今は、周りに人が多すぎる。

出逢《であ》いの場として提供されたパーティ会場で、そんな話はしたくない。

誰かに、聞かれたくもない。

「私、浮気してないよ？」

「普通に言うのかよ！」

思わずツッコむと、礼奈は何故《なぜ》か嬉《うれ》しそうに笑った。

「だってこのペアタイムが終わったら、悠太くん逃げちゃうもん」

「……逃げるだろ、そりゃ。お前自分の立場分かってんのかよ」

自分の浮気が原因で別れた元カレを目の前にしてるのだ。

その自覚が、礼奈には些《いささ》か欠けている。

以前の邂逅においても、同じことを感じていた。

「立場は、元カノ。悠太くんの、元カノだね」

礼奈はそう言って、初めてバツの悪そうな表情を見せる。

だがその表情は、自らの放った元カノという単語に反応したかのように思えた。

「……分かってりゃいいよ」

返事をすると、俺は少し離れたところで男と談笑している那月に視線を移した。

俺の視線に気付いた那月はこちらを見ると、気まずそうな表情を浮かべ、目を逸らす。

——礼奈が那月に、俺をパーティに招待するよう頼んだのか。

俺を意識していなければ、離れたところにいる俺の視線に気付くことなんてできないだろう。

それに元々俺をこのパーティに誘ったのも那月だった。

もし那月が礼奈を呼んだのだとしたら、俺たちを再会させるのは、そこまで手間がかからなかったに違いない。

「那月とは友達なのか？」

俺が訊くと、礼奈は素直に頷《うなず》いた。

「うん。ほんとは那月にも、パーティが終わってから会うつもりだったんだけど」

「さっき二人話してたもんな。……じゃあ、お前の最初の言葉おかしくね？　会うって分かってたんだろ、俺と」

カクテルを呷《あお》ると、グラスはいつの間にか空になっていた。

――緊張しているのか。

緊張を誤魔化《ごまか》すために何かを口に入れるのは、多くの人に共通する動作だ。

……礼奈との再会に、なんで俺が緊張しなくちゃいけないんだ。

そう思っていると、目の前にグラスが差し出される。

中には白色のカクテルが入っていた。

「どうぞ」

「……いらねえよ」

「でも、好きだったでしょ？　ホワイトレディ」

その言葉で、初めてそのカクテルがホワイトレディだと認識する。

白色のカクテルなんて種類が山ほどあって、とてもじゃないが見た目では判別がつかない。

「確かに、好きだったけどな」

かつてはホワイトレディという名前が女性向けなことから注文するのが恥ずかしく、礼奈とバーに行った時にしか飲まないカクテルだった。

礼奈もそのことを思い出したのか「懐かしいね」と言った。

「あ、話が逸れちゃった。えっと、会うって分かってたんだろって訊かれたんだよね。答えとしては、会えるとは思わなかったです」

「……そうなんだ。なんで？　那月に頼んだんだろ、俺と会わせるように」

「行けたら行くなんて、普通来ないと思うじゃん。那月から悠太くんの返信の内容聞いた時に諦めてたよ、私」

……確かに、俺も逆の立場ならそう思うかもしれない。

これからは返信の内容に気を付けようと思う。

「那月を責めないであげてね」

「責めるもなにも……怒ってないよ、別に」

怒るというより、パーティで少なからず高揚していた気持ちが萎《しぼ》んでしまったという表現が正しい。

ただ詳細に自分の心境を説明してしまうのは憚《はばか》られた。

「チョコは何個貰《もら》えた？」

「……一個」

「じゃあ、これで二個目だ」

丁寧に包装されたチョコが差し出される。

「来るとは思わなかったんじゃなかったのか？」

「うん。念《ねん》のために、作ってた」

「これ、手作り？」

「もちろん」

付き合っていた頃、礼奈はあまり料理をしなかった。

お菓子作りをしていた記憶も殆《ほとん》どない。

「ほら、いらないって言っても無理やり持たせるんだからね」

「……それなら、貰っとくけど」

「──受け取らない選択肢を取るのが良かっただろうか。

元カノからのチョコを受け取るのは浅慮な気もしたが、不思議と拒む気にはなれなかった。

「私、さっき嘘ついたの。メイクもバッチリ気合い入れてるし、服だってそう。でもなんだかそれを悠太くんに言うのはズルい気がして」

「じゃあ、なんで今言ったんだよ」

「気が変わったの。私──」

礼奈が何かを続けようとした時、司会の声が会場に響き渡った。

「ラストペアタイム終了〜！　ここからの時間は入退場も自由です！　お酒を飲みながら、仲良くなった人と親交を深めてくださいね！」

今日はありがとうございました、というお礼で司会の挨拶が締《し》め括《くく》られる。

意外にもアッサリとした終わり方だが、見る限りあの司会者も相当若い。

そう考えると、今までの司会も上出来な方かもしれない。

「……じゃあ、とりあえず今日はもうこれで。友達が戻ってくる」

「パーティで知り合ったって言えばいいんじゃないかな？」

「それじゃ駄目なんだよ」

普通の友達ならその文句で解決する。

だがパーティが終わると俺の元に来るであろうその友達、彩華は礼奈の顔を知っているばかりか、別れた経緯まで把握しているのだ。

実際先月二人が顔を合わせた時、彩華は俺たちの会話に割り込んでまで暗に礼奈を批判した。

二人の邂逅《かいこう》は避けた方がいい。

俺はそのことを説明しようと口を開く。

だが、決断が少し遅かった。

礼奈は俺の背後にちらりと視線を移すと、納得したように、

「……あ、そういうこと」

と言った。

「なに、人をお邪魔虫みたいに」

彩華だ。

礼奈は表情を硬くして、彩華を見据える。

「あなた、礼奈さんだよね。こいつに何の用？」

棘《とげ》のある声色に、礼奈は表情を崩さない。

前回は逃げるようにその場を去っていったが、今日は違う。

事情を知らない友達を連れていないからだろう。

それどころか、礼奈は機嫌を損ねたように眉を顰《ひそ》めた。

「言わなきゃいけない？　元カレと話すのってそんなに変かな」

「別に、それは人それぞれでしょ。ただあなたは違うよね」

「違うって？」

「浮気したんでしょ。礼奈さん、された方の気持ちは考えたの？　それとも考えた上で此《こ》処《こ》にいるのかしら」

礼奈は観察するような瞳を彩華に向ける。

彩華はそれに触発されたようにまくし立てた。

「……何考えてんの？　もしかして浮気相手と上手《うま》くいかなくなったから、今頃より戻そうとしてんの？　……こいつは肝心なところでハッキリものを言えないところがあるから、私が言うけどね」

彩華はちらりと俺を見て、再び礼奈に向き合った。

「もうこいつとは会わないで。迷惑」

「彩華、いいよもう」

二人の会話を止めると、彩華はじろりと俺を睨《にら》んだ。

「止めるなら、もっとタイミングあったでしょ。ここまで止めなかったってことは、あんたもそう思ってたんじゃないの」

「そこまでは――」

言いかけて口を閉ざした。

何事も穏便にという思いが頭の片隅にあったものの、彩華の言葉は確かに俺の胸中の一部を表したものだった。

ハッキリと口に出す度胸が、俺に無かっただけだ。

そう考えると俺がこのタイミングで彩華を止めるのは、とても卑怯《ひきょう》なことのように思えてくる。

それでも彩華を止めたい気持ちが湧いてくるのは、此処で争うのが億劫《おっくう》なのか、俺の意気地が足りないのか、それとも礼奈に対して未《いま》だに特別な感情が燻《くすぶ》っているのか。

思わず固まってしまった思考をもう一度動かしたのは、礼奈の言葉だった。

「私、浮気なんてしてないから」

電話口で告げられた言葉だ。

彩華は怪訝《けげん》な表情を浮かべた後、冷ややかに口角を上げた。

「おかしいわね。じゃあなんで別れる時、そのことを言わなかったの。こいつと別れた理由、浮気がバレたからだったんでしょ？」

「あなたには──、」

礼奈は言いかけて、途中で口を噤《つぐ》んだ。

「……私は悠太くんに会いに来たの」

礼奈の硬い表情は崩れない。彩華は眉根を寄せた。

「こいつはそんな話望んじゃいないわ」

「……あなたとは、話にならない。話したくない」

礼奈はそう言って、踵《きびす》を返す。

「帰るね、悠太くん。またラインする」

「……されても、困る」

俺が返事をすると、礼奈は彩華が介入してきてから、初めて表情を崩して口角を上げた。

「そんなこと言わないで？」

最後に俺の胸に指先でそっと触れ、礼奈は去っていった。

元カノの横顔から、何を考えているのかを察することはできなかった。

◇◆

「あんた、飲みすぎよ」

「……うっへー」

口に力が入らず、気の抜けた返事をしてしまう。

パーティ後の帰り道、電信柱の傍《そば》。

散歩中の犬が小便をひっかけていそうな場所で、俺は蹲《うずくま》っていた。

居酒屋気分で酒を次々と飲んでいると、いつの間にか頭がグラグラと振り子のように揺れている感覚に陥ったのだ。

それも当然。

カウンターで出されるカクテルのアルコール度数は、普段居酒屋で注文するカクテルより断然高い。

バーなどに足を運んだことのある人なら誰でも知っている事実を失念し、浴びるほどカクテルを飲んでしまった。

彩華が足元のおぼつかない俺に気付いたものの、時既に遅し。

酔いが回りに回った後だった。

「止めても聞かないんだから。自業自得よ」

「止められた覚えはないぞ……うっ」

吐き気を無理矢理《むりやり》飲み込みながら、やっとの思いで反論する。

「酔っていて覚えがないだけでしょ。あんまり恥かかせないでよね」

「……俺、粗相したか？」

彩華の顔色を窺《うかが》い、恐る恐る尋ねる。

酒には強い自信があったが、こうも量を飲んでしまうと記憶も曖昧だ。

それでも人様を不快にさせるような——そんな言動はしていないと信じたい。

仮にしていたら、迷いなく禁酒する。

彩華はじとっと目を細めたが、やがて首を振った。

「大丈夫よ。あんたを介抱しながらここまで歩くのが恥ずかしかっただけで、誰にも迷惑かけてない……と思うわ」

「なんで語尾が自信無さげなんだよ」

「パーティ後に私と一緒に過ごそうとしていた人たちにとっては、迷惑極まりない話だと思ったからよ」

「……反省してる」

彩華の今日の装備を鑑みれば、バレンタインパーティに相当気合いを入れていたことは察せられる。

出会いの場として提供されるパーティは、その場で開催されるイベントが目的ではない。イベント後にも続く繋《つな》がりを形成することが、第一の目的として存在するのである。

大した思いもなく会場へ訪れ、そういう繋がりを断ち切ってしまった俺は、彩華からすればとんだ疫病神に違いない。

それでも彩華は優しい声色で呟《つぶや》いた。

「ばかね、冗談よ。あんたを介抱することより優先度が高いって思える人がいなかっただけ」

「……優しいな」

「貸し作ってるだけよ。ちゃんと返して貰《もら》うからね」

彩華らしい言い分に笑いが込み上げる。

だが込み上げてきたのは笑いだけではなかった。

「……吐きそう」

「ちょっと、我慢して！　鞄《かばん》とか全部持ってあげるから、あと少し頑張って！」

「……らじゃー」

フラフラと立ち上がると、彩華が荷物を全て引き受けてくれる。

普段なら、ここから家までは五分とかからない。

そんな距離を倍程度の時間をかけて、ようやく自宅であるアパートにたどり着いた。

古びた階段が、踏み締める度に軋《きし》む。

今夜は二人分ということもあり、いつもより嫌な音が立っている。

もう一人か二人加わると、底が抜けてしまうのではないだろうか。

「あなたが重いですって言われてるみたいで、不快ねこの階段」

「軽いわけでもないだろ」

「ねえ、今のあんたならここから簡単に突き落とせるんだけど、それを承知で言ってる？」

「酒が言った。俺は言ってない」

「犯罪者の理論よそれ……」

階段を登りきると、彩華が荷物を渡してきた。

「ほら、貸し一つ。パンケーキで返しなさい」

「お安い御用です彩華さま」

軽口に応えると、彩華は「今後酒には気を付けなさいよ」と残して階段を降りて行った。

家の中に入ってくるかもと思っていたが、彩華が家の中に入ってきたことは片手で数える程しかない。

玄関先でのやり取りなら何度かあるが、意外と踏み込んで来ないのだ。

そんなことを考えながら宅配ボックスから鍵を取り出し、鍵穴に差し込む。

ドアを開けると、明るい電気が俺を迎えてきた。

「は⁉」

急いでドアを閉めると、廊下の先に見える部屋からひょこっと志乃原が出てきた。

「あ、おかえりなさい先輩」

「ただいま……じゃねえ！　お前今日予定あったんじゃないの」

「予定終わったんで、帰ってきました！」

「ああ……眠くてつっこめない……」

「眠いんですねぇ。おつかれさまでーす」

志乃原はくつろいだ様子で絨毯《じゅうたん》に寝転ぶ。

「あれ、先輩また酔ってます？」

「……もう吐く寸前」

ベッドに倒れ込むと、体の上に重りを置かれたように動けなくなる。

今日は色々なことがあった。

不慣れなパーティに参加したほか、礼奈との邂逅《かいこう》。

こんなに飲んでしまったのは、礼奈との会話に形容しがたい何かを感じたからだ。

言語化できない気持ちに落ち着かなくなり、それを酒の力で誤魔化《ごまか》そうとした結果がこのザマだ。

ここから当分動けそうにない。

そんなピクリとも動かない俺に、近付く気配があった。

死ぬ気でそちらに顔を向けると、志乃原がベッドの上で膝を立ててこちらを覗《のぞ》き込み、ついでにニヤニヤしている。

「先輩ー、今日は何の日でしょーか」

「……知らん」

「正解はバレンタイン！　どうですか、先輩にとって良い一日になりましたか……ってなんですかこのチョコの箱。しっかり貰っててすごいムカつくんですけど」

そんなことでムカつかれても、と言おうとしたが眠気で口を動かすことすら億劫《おっくう》で、俺は目を閉じた。

「それじゃ先輩、私帰るんでテーブルにチョコ置いときますね」

既にスリープ状態に入りそうな意識を必死に現実に繋ぎ止め、なんとか返事をする。

「……おう」

志乃原が帰ったことを確認したらまずは寝よう。

鍵はそこにあるし、志乃原も気を遣って施錠してくれるかもしれない。

そんな淡い期待とともに毛布を手元に手繰り寄せると、勢いよく引っ剝《ぱ》がされた。

確認すると、志乃原が頰《ほお》を膨らませて仁王立ちしている。

「おう……じゃないですよ！　いくらさりげなくチョコ渡したからといって、それなりに時間掛けて作ったチョコへの反応が二文字ってどういうことですか！」

「ううう。寝させてぇ……」

「はいはい、今何言ってもお酒のせいで覚えてなさそうですし！　明日改めてお詫《わ》びしてもらいますね！　ばーか！　先輩ばーか！」

言い終わると同時に、毛布が上から降ってくる。

ぐるぐると回転する錯覚を生み出している頭でチョコが何を意味するのかを必死に考えて、俺はベッドから跳ね起きた。

「バレンタインチョコ！」

「きゅ、急にどうしたんですかそのテンション」

志乃原が驚いたように後ずさりする。

「いや、ありがとう。まじで嬉《うれ》しい。酒の勢いとかでなく、本気で嬉しいわ」

ここまで率直にお礼を言っているのが酒の勢いである証拠かもしれないと思ったが、感謝の気持ちは変わらない。

今朝志乃原からチョコを貰えなかった時点で、もう諦めていたのだ。

その事実もあり、志乃原からのチョコは今日で一番嬉しいプレゼントだった。

「わ、分かればいいんですよ、はい」

「おう、まじでありがとう」

力を込めて言うと、志乃原は目を逸《そ》らした。

「な、なんなんですか、もう。下げてから上げる天才ですか……」

膨れていた頬はすっかりと収まり、心なしか紅潮しているようにも見える。

気持ちが伝わって良かったと思い、寝転ぶ。すると今度こそ起き上がれないような気がした。

「ちゃんと毛布掛けてください、風邪引いちゃいますよ」

外に晒《さら》されていた部分が、毛布で包《くる》まれる。

ヒヤリと冷たかった毛布が、体温で心地の良い温かさへと変わっていく。

「さんきゅー……」

「おやすみなさい、先輩」

優しい声色に、もう返事をする体力は無かった。

玄関の鍵が締まった音が聞こえてきて、俺は感謝しながら意識を手放した。

第5話　繋がり

バレンタインパーティが終わってから一週間が経《た》った。
二月も残すはあと僅か。
だというのに寒さは一向に衰える気配がなく、俺はベッドから離れられずにいた。
時計の針は十時に差し掛かろうとしている。
今日は大学に行く用事もあるので、そろそろ起き上がりたいところなのだが。
結局十分ほど布団と戯れていると、枕元に置いてあるスマホがブルルッと震えた。
寝返りを打ってから、スマホを手元へ手繰り寄せる。
ラインを開くと、まだ既読を付けていないトーク欄が上部に上がってきた。
「……みんな元気だな」
高校の友達が集まるグループラインが活発に動いているのを見て、思わず呟く。
まだ午前中だというのに、通知はどんどん増えていく。

何十件目かの通知が上から降ってきたタイミングで、画面が暗くなった。

いつもの着信だ。

少し躊躇《ちゆうちよ》した末に出ると、午前中とは思えない元気な挨拶が飛び込んできた。

『せんっぱーい！』

「うっせえな！」

『なんで⁉』

異性の可愛《かわい》い後輩からモーニングコールを貰《もら》うなんて、きっと先輩冥利に尽きる出来事なのだろう。

だが今の俺はそんな嬉しさよりも、朝の時間をのんびりダラダラしたいという気持ちの方が大きかった。

『先輩ー、少しくらい優しくしてくださいよ、チョコあげたじゃないですか。ね？　ほら先輩、朝の挨拶は』

「おはよーまたね」

『待って待って待ってください！』

電話越しに大きな声が鳴り響く。

俺は思わずスマホを耳から離して、顔を顰《しか》めた。

「大した用事ねえだろ、絶対」

『ないですよ。私だって別に朝から長電話するつもりで掛けたわけじゃないですもん。ちょっとバイト前に話したかっただけですもん』

志乃原《しのはら》の拗《す》ねたような声色に、若干の罪悪感に苛《さいな》まれる。

朝の挨拶をしたかっただけの後輩に、我ながら大人気ない対応だったと反省し、上体を起こした。

「ああ、そうか。いや、悪い。俺も別に志乃原と電話するのが嫌っていうわけじゃなくてさ――」

『でも気が変わりました。先輩、あと一時間は電話しますよ』

「なんでだよ！」

『邪険にされると追いかけたくなるのが私の性《さが》なんですよ！』

膨れっ面をする志乃原が目に浮かぶ。

想像の中でも可愛い顔をしていると思ってしまい、それが無性に腹立たしい。

「分かったよ、間とって五分な」

『先輩、間って知ってます？　それ私の要求が十分だったことになるんですけど』

「じゃあ十分でいい？」

『……それくらいで勘弁してあげます』

渋々了承する志乃原に、俺は口角を上げた。

「これがドアインザフェイスか」

『ドア……はっ！　謀りましたね！』

以前やられたお返しだ。

もっとも、別にそれで被害を被った訳ではないが。

『小癪《こしゃく》な……』

「小癪って、日常生活でそんな単語聞いたの久しぶりだわ。ほらあと九分な」

『そんな急《せ》かされたら話せるものも話せないですよー。先輩、今何してたんですか？』

「別に。ＳＮＳでみんなの近況を確認しようかと思ってたところ」

言うと、志乃原は意外なことを聞いたかのような声を出した。

『先輩も、普通に朝からタイムラインとか見たりするんですねー』

「まあ、たまにはな。久しぶりの知り合いもいるかもしれないし」

実際、ＳＮＳがきっかけで疎遠になりかけていた縁を繋《つな》ぎ直せることもある。

ＳＮＳが好きな訳ではないが、メリットもあることは確かだ。

志乃原もそうしたことに心当たりがあったのか、「まぁ言われてみれば、そうかもしれないですけど」と言葉を濁す。

『じゃあ、先輩のＳＮＳフォローさせてくださいよ』

唐突な要求に、欠伸《あくび》をしようと開けていた口がガチリと閉じた。

「なんでそうなるんだよ。別に大した投稿してないぞ」

『だってだって、こうして電話はするのにＳＮＳのフォローはしてないって、よくよく考えたらおかしな話じゃないですか。普通は順序逆ですって』

「それは……」

言われてみれば、確かにそうかもしれない。

少なくとも知り合ってから二ヶ月が経つ仲で、ラインでしか繋がっていないなんて状況は今時の学生だと珍しい。

今までそうした話が出なかったのは、単にタイミングを逃していたからだろう。

『見られたら困る投稿とかしてるんですか？』

「いや、ない。分かったよ」

そう言って、俺は自分のアカウントのＩＤをコピーする。

志乃原の言う見られて困る投稿はないし、別に教えても全く問題はない。俺のアカウントに、秘匿する程の価値もないのだし。

ＩＤを送ると、志乃原は『おっ』という反応を示してから、笑った。

『へへっ、ありがとうございます』

「いや、全然いいけど」

早速フォローの通知が鳴る。

確認すると、アイコンは志乃原本人の後ろ姿だ。夕陽《ゆうひ》に照らされて、シルエットのみが映っている。

「がっつりSNS映えのアイコンじゃねえか」

『当たり前じゃないですか。象徴《アイコン》ですよ。アイコンの画像くらいはオシャレにしないと』

そう言われて、俺は自分のアイコンを見つめる。

ブサカワイイご当地キャラと目が合った。

そういえば、飲み会のノリでアイコンを変えて以来、そのままだ。

『……先輩、アイコン変えた方がいいですよ』

「いや、なんか負けた気がするから嫌だ」

いずれ変える予定だったのだが、変えた方がいいと言われた途端に拒否したくなる。志乃原は『まぁ、先輩の自由ですけど』と言って息を吐いた。

「じゃあ、フォロー申請送っといたから。承認よろしく」

志乃原のアカウントは非公開設定で、投稿を見るためには本人からの承認が必要となっている。

この申請が通らなければ、投稿を見ることができない。

そのことを踏まえて俺はごく普通のことを言ったつもりだったが、返ってきた言葉は意外なものだった。

『え、嫌ですけど』

「へ？」

『嫌ですよん。私、先輩の投稿は見たいですけど、自分の投稿は見せたくないので』

「なんでだよ。俺がアカウント教えて、お前が教えないなんて話があってたまるか」

別にどうしても志乃原のアカウントが知りたいという訳ではないのだが、これでは何だか教え損をしたようで癪に障る。

『ところがどっこい、あるんですよねそんな話が』

「じゃあもう寝るわ」

『わっかりましたよ、何なんですか！　そんなにすぐ私との電話切ろうとしないでくださいよ！』

……こいつの電話欲は一体どこから来るのだろうか。

バイト前だというのに、よくギリギリまで電話しようとするものだ。

俺ならバイト当日は余計な体力を使うことは避け、ベッドの上で過ごしたいというのに。

『もー。バカにしないって誓います？』

「しないしない。何なら宣誓してやろうか」

『いらないです。もう時間も無いんで』

「なんで急に冷静なんだよ」

時計を確認すると、約束の時間が刻々と近付いてきている。

時間を測っている訳ではなかったのだが、志乃原はしっかり見ていたようだ。変なところで律儀なやつだ。

『ほら、通してやります！』

芝居めいた台詞《せりふ》とともに、フォロー申請の承認が下りる。

瞬間、志乃原の投稿が画面一杯に表示された。

真っ先に目に入ったのは、憂いを帯びた雰囲気を醸し出している志乃原のアップ写真。

前髪をクシャリとパーマにしており、いつもより数段大人に見える。

恐らく、サロンモデルをした際の写真だろう。

「綺麗《きれい》だな」

思わず口から言葉が漏れた。

綺麗系と可愛い系、どちらかに分類するなら可愛い系であろう志乃原だが。

この写真に限っては、間違いなく綺麗系だ。

『……ま、まあそうなんですけど。私、綺麗なんですけど』

「なんだよ」

『いやあの、からかわれると思ってたので。……先輩ってたまにそういうこと素直に言ってくれますよね。いつもは言わずに、たまに言うところが良いですよね』

志乃原の反応に、何となく気恥ずかしくなってくる。

意識せずに出た言葉だったが、傍《はた》から見れば口説いているような発言だったかもしれない。

俺は恥ずかしさを誤魔化《ごまか》すように志乃原のアカウントを眺めていると、あることに気付いた。

「お前、フォロワー少なくね？」

志乃原のフォロワーはたった八人。キラキラとした女子大生にしては、些《いささ》か少ないように思える。

『親しい人にしか教えてないですからね。フォロワーにいる異性は先輩だけですよ』

「そ、そうか」
親しい人限定のアカウント。
そう聞いた途端、画面に映る志乃原の投稿に視線が惹《ひ》きつけられてしまう。
相手が志乃原だからなどではない。
誰からだって、こうして好意を視覚化されると嬉《うれ》しいのだ。
『……十分経過！　じゃあ、バイトの準備してきますね！』
志乃原はそう言うと、プチッと電話が切れた。
相変わらず嵐のようなやつだ。
時計を確認すると、まだ約束の時間まで三分ほどの猶予がある。
「……まだ七分しか経《た》ってねえじゃねえか」
呟《つぶや》くと、自分の口角がいつの間にか上がっていたことに気付き、頰《ほお》をつねる。
志乃原の投稿に『いいね！』ボタンを押し、俺はスマホをぶん投げた。

◇◆志乃原 side◇◆

バイトで疲れた身体《からだ》に、無性に不健康なモノを流し込みたくなる時がある。

私はバイトの休憩中、近くのラーメン屋で麺《めん》を啜《すす》りながら、背徳感に浸っていた。

「……うまし」

お気に入りの豚骨ラーメン。

プライベートでは滅多《めった》に食べないものだけど、今は「バイトを頑張っているご褒美」と自分に言い聞かせることができる。

それでも体重のことを考えればどうしても湧いて出てくる瑣末《さまつ》な罪悪感を、私は食欲でねじ伏せる。

「いらっしゃいませーい！」

店員さんの大きな挨拶が、店内を木霊する。

カウンター席が六つ、二人掛けのテーブル席が三つというこぢんまりとしたお店だけど、味はかなり上の方。

バイト先でも評判の高いお店だった。

ふと気になってこのお店の食べログを見てみると、

「3・2かぁ」

悪くはないが、気に入っているお店としてはもう一声欲しいところだ。

少しでも評判が上がればいいなという思いで、食べかけのラーメンの写真を撮る。

親しい人にだけ教えているアカウントに、写真と『ここのお店のラーメンめっちゃ美味《おい》しいよ！』という文面を載せて投稿する。

食べログ評価は、まあ後でやっておこう。

「おじさん、醤油《しょうゆ》ラーメンで」

隣に座ったお客さんが、店員さんに食券を渡している。

若い女性だ。

チラリと横を見ると、可愛《かわい》いと落ち着いた雰囲気を併せ持っているような容姿。

こんな女性がふらりと一人でこぢんまりとしたラーメン屋に来るなんて、珍しい。

こぢんまりとした店だからこそ、女性一人でも入店しやすいのかもしれないけれど。

店内には私の他には誰もいなかったから、きっと気軽に入ることができたんだと思う。

このお店の売り上げに貢献できたかなと内心喜んでいると、テーブルに置いていたスマホがブルッと震えた。

画面には『yuta hasegawa さんからいいね！が届きました』と表示されている。

——先輩、丁度タイムライン見てたんだ。

またスマホが震えて、二度目の通知が画面に表示される。

『yuta hasegawa さん：そこのラーメン屋俺も一時期通ってた！　醤油ラーメンがオス

スメ☺』

通知を見ると、口元が緩んだ。

気を許せる人にしか教えていない、ＳＮＳのアカウント。

異性に教えたのは、先輩が初めてだ。

mayu☆shinohara　フォロー 240　フォロワー 3684
大学一年生　#19
▽趣味　カフェ巡り　▽特技　睡眠 zzz

これが、私の表向きのアカウント。

たまにサロンモデルのスカウトなどを貰《もら》うことができるため、収入源として確保している。

あと、そこそこの仲に留《とど》めておきたい人たちには、このアカウントを教える。

自分の日常を発信したい気持ちはあるけど、そんなのは本当に仲の良い人にだけ見て貰えたらいい。

でも、世の中付き合いというものもある。

だから、私みたいにアカウントを二つ持っておけば使い分けができてとても便利だ。

一つは、SNSをやっている友達ととりあえず繋《つな》がるためのアカウント。

一つは、本当に仲の良い人にだけ自分の日常を発信するアカウント。

こんなことをする人が私だけじゃないなんて、本当にSNSはみんなの意識の多くを占めていると思う。

——でもまあ、悪くない。

先輩からの通知だけで楽しい気分になれるのだから、少なくとも私にとってSNSは意義のあるツールだ。

私はそんなことを思いながら、水を飲もうとウォーターピッチャーに指を掛ける。

タイミングが、隣の人と同時だった。

「あっすみません」

私は慌てて指を引っ込める。

カウンターには六つの席があるのに、ピッチャーは三つしかない。

「いえ、こちらこそ」

女性は躊躇《ためら》いがちに指を掛けて、ピッチャーからコップに水を注ぐ。

私がピッチャーを受け取ろうとすると、女性は首を振った。

「いいの」

「え、ありがとうございます」

私はコップを差し出して、水を入れてもらう。

こぢんまりとしたラーメン屋に、若い女性が二人きり。

珍しいシチュエーションの分、もしかしたら変な仲間意識ができているのかもしれない。

だとしたら面白いな。休憩終わりまで残り僅かだけど、少しだけお話ししてみたい。

でも向こうの人からしたら迷惑だろうし、この気持ちは胸にしまっておく。

仲間意識が芽生えているのが私だけの一方通行なら、ただの迷惑行為になってしまう。

そう思っていると、なんと隣の女性から話しかけてきた。

「ここ、美味しいですよね」

「えっ？　あ、そうですね。美味しいです」

びっくりして、声が硬くなる。

それを感じ取ったのか、女性は柔和な笑みを浮かべた。

「急にごめんなさい。なんか珍しくて、同世代の人と二人きりなんて」

それは私もさっきまで感じていたことだ。

緊張がほぐれて、口角を上げる。

「ですよねー。しかもカウンター席で隣同士なんて、笑っちゃいますよね」

「そうね。久しぶりに来たけど、やっぱり美味しい」

そう言う女性が食べているのは、醤油ラーメン。

さっき先輩が勧めてきていたものだ。

「醤油ラーメンも美味しそうですよね。今さっき大学の先輩から醤油ラーメン勧められたところで、絶賛気になり中です」

私が言うと、女性は箸を止めた。

「私も、以前知り合いに勧められて食べたの。一時期通ってたんだよね、このお店」

女性は何とも言えない表情を浮かべる。

元々このお店に似合わない雰囲気だったが、更に浮いて見えた。

このお店にいるお客さんが私だけで良かったと思う。

もっとも、多分、私だって傍から見ればこのお店に似合わないかもしれないけど。

「あの、多分大学生ですよね？」

女性に訊《き》くと、頷《うなず》いた。

「うん。近くの女子大に通ってるの。二年生」

「あ、年上ですね。私一年なんで」

私が言うと、女性は小さく笑った。

「うん、なんかそんな気がしてたから途中で敬語やめちゃった」

「あはは、バレちゃってましたか」

私も自然に笑みが零《こぼ》れる。

この年上の女子大生は安心できる雰囲気を兼ね備えていて、年下から好かれやすいことだろう。

同性の私も、この人と仲良くなりたいと思わされてしまう。

年上に対してこんな気持ちを抱いたのは、性別は違うけど先輩以来だ。

私という存在を受け入れながら、私に受け入れられようと深入りするような行動は一切しない、羽瀬川《はせがわ》先輩。

最近の私にとって、一緒にいて一番心地のいい相手。

鍵を貸してもらえるようになったり、SNSのアカウントを交換したりと、関係は徐々に深まっている（……この二つ、ハードルに随分と差があるのは自覚している）。

そんな先輩と、どこか近しい雰囲気をこの女性からは感じ取っていた。

「お名前聞いてもいいですか？」

「私？　相坂礼奈《あいさかれいな》。私も、あなたのお名前聞いてもいいかな？」

「志乃原真由《まゆ》です。このラーメン屋の近くのお店でバイトしてます」

「へえ、私の友達もここの近くで働いてるよ」

「そうなんですね！　世間って狭い！」

名前を交換すると、一気にこの人との距離が近付いた気がする。

赤の他人から、知り合いへと関係性が昇華した瞬間だ。

この関係性が変わる瞬間をたまに感じる時があるけれど、今はそれが顕著に思えた。

「それに、真由ちゃんか。可愛い名前だなぁ」

「礼奈さんも、綺麗《きれい》な名前ですよ」

可笑《おか》しくなって、二人で笑い合った。

我ながらラーメン屋に不釣り合いだと思われそうな組み合わせだけど、そんな不思議な繋がり方だからこそ、何だか楽しくなってしまう。

「私も次は醬油ラーメン食べることにしますね。信頼できる先輩からのオススメですし」

「私も、次もこれ食べる。一緒にいた人からのお勧めだから」

礼奈さんは優しい笑顔を私に向けた後、「わっ麺が伸びちゃう」と慌てたように食べ始める。

そんな様子に年下ながら微笑《ほほえ》ましい気持ちになっていると、スマホがまたまた震えた。

今度は先輩からではなく、バイトからの呼び出しだった。

お客さんが立て続けに入って、早めに休憩時間を切り上げてほしいとの内容だ。

「あー……私、行かなきゃです。残念ですけど」

せっかく新しい繋がりができそうだったのに、と表情が曇る。

それを察したのか、礼奈さんはニコッと笑って言った。

「次にこのお店で会えたら、連絡先交換しよ？」

次になっちゃうのか、と私はちょびっとだけ思ったけど。

「──はい！」

元気に返事をして、店を後にした。

新しい繋がりができた時は、やっぱり気分が高揚する。

私は浮き立つ気持ちで、ＳＮＳを開く。

『いいね！』を先輩の投稿に送信して、私はバイト先に向かった。

今のこの気持ちだけで、多忙なバイトを乗り越えることができそうだ。

第6話　旅行準備

志乃原《しのはら》から『いいね！』のお返し通知が届いたのは、電話が終わってから数時間後のこと。

俺はやっとの思いでベッドから抜け出し、大学内のコンビニで買い物をしていた。

欠伸《あくび》を嚙《か》み殺しながら、レジ付近にあるフライヤーメニューを眺める。

大学敷地内にあるコンビニの特徴は、客層の殆《ほとん》どを大学生、教授が占めるということだ。

その大学生も殆どが自分と同じ大学に所属しているので、知らない人との間にも目に見えない若干の仲間意識が存在する。

見たことない顔でも、恐らくは同じ大学の仲間。

その推測が、学生の気を多少大きくさせていることは間違いない。

「あ、先に行ってくださいー私友達待つんで」

知らない女子が、レジへの列を譲ってくれた。

これが外ならば丁寧に感謝すべきところだが、此処《ここ》は学内。

俺は「お、あざす」と短く礼を言う。

女子はお礼に対して特に反応を示すことなく自分のグループへ戻っていった。

女子グループはお菓子が陳列されているスペースでキャッキャと騒いでいるが、なにぶん大半を学生で占めるコンビニ内はいつもうるさいので、特に気にならない。

俺は店員さんに「チキチキ二つください」と注文し、後列の邪魔にならないように端へ捌《は》けた。

改めて周りを見渡すと、春休み期間だというのに人が多い。

昼時で人が集まりやすい時間だということもあるのだろう。

そんな密集した学生の群れの中から、滑るようにこちらに向かってくる人影を見つけた。

見覚えのあるグレーのコートを羽織っている、彩華《あやか》だ。

「よう。よくここが分かったな」

「五号館の二階って言われたら、まあここかなって。今度からちゃんと今いる所を正確に伝えなさいよね、ざっくりしすぎなのよ。人も多いし」

「外で待ってくれてもよかったんだぞ、コンビニ集合とは言ってないんだから」

「なによそれ、せっかく来てあげたのに」

彩華は少し不服そうな表情を見せる。

俺はそれを無視して店員さんからチキチキを二つ受け取ると、片方を彩華に渡した。

「わお、そういうことね。ありがと」

期間限定で発売されているフライヤーメニューのチキチキを受け取ると、彩華は一気に上機嫌な顔になる。

コンビニの外へ出ると、二階ロビーが迎えてくれる。

ふかふかの椅子やオシャレなベンチなどが数多く揃《そろ》えられている五号館の二階ロビーだが、俺は立ち寄ることなく足を進めた。

「行くぞ」

「えー、ゆっくりこれ食べてからにしましょうよ」

「そんなもん歩きながらでいいだろ、廊下は人少ないからぶつからないだろうし」

「やだ、座る」

彩華は俺から離れて、テーブルを挟んで二つの椅子があるスペースへと移動していく。

仕方なく付いて行くと、彩華は満足そうにチキチキに口を付けた。

「んー、美味《おい》しい。身体《からだ》に悪いものって美味しいわ〜」

「……それに関しては同感だけどな。お前、今日の予定忘れたわけじゃないだろ」

春休み中に大学を訪れることは、俺にとってあまりないことだ。サークル活動のない日なんて、特に行く用事がない。

それにもかかわらず今日大学へ訪れたのは、昨日彩華からこんな話を貰《もら》っていたからだ。

『旅行行かない？　大学の生協通すと料金安くなるから、一緒に生協へ行きましょう！』

ここでいう生協とは、大学生活協同組合の略。

要は学生の生活を充実させるために何かと動いてくれる有難い組織だ。

もちろん組合員にならなければその恩恵は受けられないが、大抵の学生は入学時に加入している。

今日は大学校舎内にある生協窓口で、旅行の費用を安くしようという予定なのだ。

「分かってるわよ。ツアーとかもあるみたいだし、ゆっくり選びたいわね」

「旅行っていっても一泊だろ？　そんなスケジュール詰め込む必要あるのか」

一泊の温泉旅行なら、温泉旅館でゆっくりとしていたいというのが正直なところだ。

疲れ果てて旅館へ到着して、せっかくの良い旅館をロクに楽しむことなく眠りについてしまうという事態は避けたい。

「私も温泉街ぶらぶらと歩くだけで満足だけどね。それでも温泉街より優先して行きたいって思えるツアーに巡り会えたら、素敵じゃない？」

「まあ、温泉街より魅力的なツアーがあればな」

「でしょ。だから見るだけ見てみましょ」

彩華はチキチキが入っていた紙をクシャリと潰して立ち上がった。

俺も残っていたチキチキを一口で食べて、階段へ向かう彩華に付いていく。

彩華はエレベーターのある場所を通り過ぎて、階段を登り始めた。

生協の窓口は五階にあり、普段ならエレベーターを使いたいところだ。あえて階段を利用しているのは、少しでもチキチキで摂取したカロリーを消費したいという女心だろうか。

殴られそうなので口には出さないが。

「あんたと旅行行くのなんて初めてだしさ。楽しい旅にしたいじゃない？」

階段の上から彩華が声を掛けてくる。

「そういや初めてか。二人で行く機会とかそうそう無いもんな」

「お互い、行こうなんて話もしなかったしね」

そりゃそうだ。

高校の時なんて当たり前、大学に入学した後も旅行なんて話は出たことがなかった。

いくら付き合いが長くても、いくら密度の高い時間を過ごしても。

彩華と旅行へ一緒に行くという発想が、俺の中に無かったのだ。

そしてそれは恐らく、彩華も同じだったはず。

「今回だって私が旅館の割引券貰えてなかったら誘ってないしね。割引券に感謝しなさいよ」

「……そうだな。その旅館、普通に泊まったら一泊五万弱だし。一介の学生じゃ中々手を出せない値段なんだから、そこは素直に感謝しとくよ」

一体どういう経緯で手に入れた割引券かは知らないが、少なくとも簡単に貰える物でないことは確かだ。

それこそ、大手デパートの抽選会で大当たりを引くレベルのことがなければ。

そんな物を譲って貰ったというのが本当なら、一体どんなやつからなんだろう。

これが彩華でなければ、男に貢がせているのかと疑うレベルだ。

「ほんと、改めてお前って大学に入ってから交友関係広がってるよな」

彩華は高校の時から基本的に友達が多い方だったし、他学年にまで名前が知られているくらい知名度も高かった。

大学が高校と比べ学生数が増えた分、知人の桁も増えているのかもしれない。

そんな誰とでも気さくに話せる力を今は持っているというのに、旅行相手に俺を選ぶ意味。

本当に俺でいいのだろうか。

「今、つまんないこと考えてた？」

彩華が立ち止まって、こちらを見下ろしていた。

「……ああ、すげぇつまんないこと考えてたよ」

――別にいいか。

結果として、俺は彩華と旅行に行くことに決めている。

今まで存在しなかった選択肢が急に浮かび上がってきたから、少し戸惑ってしまっただけだ。

人との関係を常に一定の距離感で保っていくことは不可能だ。

大小あれど、微々たるものも含めれば、人間関係は毎日変動していく。

その変動が目に見えないからこそ、楽しくもあり、恐ろしくもあるのだ。

ずっと自分のことを好きだと思っていた彼女から、ある日突然別れを告げられる。

訊《き》けば、もう数ヶ月前から恋愛感情は冷めてしまっていた――

そんな体験談を何度も耳にしたことがあるくらい、人間関係は水物だ。

だから、当人たちの取れる行動なんて限られている。

そして俺と彩華との関係。

俺が取るべき行動は、あの日からいつも一緒だ。

信じて、寄り添うこと。ただ、それだけ。

「なあ、彩華」

「ん？」

それはそうと、思ったことがあった。

今、改めて感じたことだ。

「……お前、下から見てもすげー美人なのな」

「い、いきなりなによ!?」

彩華は手摺《てすり》から手を滑らせる勢いで驚いていた。

それを横目に、俺は彩華を追い抜かす。

「ちょ、待ちなさい！」

五階まで駆け抜けると、さすがに少し息が上がる。

彩華も後ろで呼吸を荒くしている。

「……もう、いきなり走んないでよ」

彩華は頬《ほお》を紅潮させて、そう言った。

膝に手をついている彩華は、俺を見上げると微笑する。

紅《あか》く染まった頬は、きっと階段を駆け上がったからに違いない。

◇◆

結局、温泉旅行はツアーなどに参加せず、一日を気ままに過ごすという話で落ち着いた。

そもそも温泉街と旅館だけで、お釣りが来るほどの体験ができるのだ。

人間の一日に行動できるキャパシティは限られているし、それ以上を望んでもいいことはない。

「旅行だったら、とことん贅沢《ぜいたく》したくないですか？」

「贅沢するために体力消耗して、一番楽しみたい時にくたばってちゃ本末転倒だろ」

「……男子同士なら、それもあり得ますね。限度を知らなそうですし」

志乃原は俺の話を聞いた後、そう言った。

旅行相手のことは、彩華ということを伏せて高校の男友達複数人ということにしている。

最初にそれを言った時は若干憐《あわ》れみの色が混じった目で見られたので、後ほど何かしらの形で弁明したい。

「ほっとけ。それより、なんだって今日も家に来てんだよ。バイト終わりだろ」

朝に電話が来て、今は夜。少なくとも八時間程度のシフトに入っていただろうに、何故《なぜ》か志乃原は家にいた。

「やだなー先輩ったら。本気で言ってるんですか？」

「んだよ」

「先輩に会いたかったからに……決まってるじゃないですかっ！」

「あっそ」

「つめた!?」

ウインク付きのからかいを一蹴して、俺は本棚から漫画を取り出す。お気に入りの漫画を開こうとすると、志乃原が「待ってください！」と制止した。

「なに？」

「えっとですね。先輩、一度漫画読み出すと全然相手にしてくれないから。とりあえず止めました」

「そうか」

俺は構わずページをめくり始める。

この漫画は来週に新刊が出る。その前に内容を復習しておけば、新刊を倍楽しむことができるのだ。

その内容はというと――

「……」

視線が痛い。チラリと見ると、志乃原がジッとこちらを見つめている。

「……分かったよ。どうしたんだ今日は」

パタンと漫画を閉じて、訊いた。

いつもの志乃原なら、俺が漫画を読み出すと自分も好きなことをして過ごし始める。

互いに一人の時間を尊重し合っていたからこそ、家に通われてもストレスフリーだったのだ。

もっとも、ご飯を作って貰っているので多少のことは許容しなければいけない立場ではあるのだが。

「バイトでなんかあったのか？」

朝の電話ではいつも通りだった。

何かあったとしたら考えられるのはバイトの間だろう。

「先輩すごい。ほんとすごい」

志乃原はパチパチと手を鳴らした。

この様子なら大したことがあった訳ではないだろうが、一度した質問を取り下げるのも格好がつかない。

俺が黙って答えを促すと、志乃原は少し間を置いてから口を開いた。

「バイト先で仲良くしてた人が、辞めちゃってですね」

「そっか。そりゃ残念だな」

「はい。まあ、それだけならまだ良かったんですけど」

志乃原はそう言いながらクッションへダイブした。

「私、その人の連絡先知らないんですよね。もう一生会えないって思うと、なんか寂しくて」

「え？　仲良かったのにか？」

「なんか最近いつもバイト先で会うから連絡先が無くても困らなくて……ってあー。それでもやっぱり連絡先くらい交換しとくのが普通ですよねー」

なんで交換しなかったのかなあ私、と志乃原はクッションでジタバタする。

志乃原なんて、知り合ってからすぐに交換してそうなものだが。

事実、俺は志乃原と知り合った初日に連絡先を交換したのだ。

「よっぽど気に入った人だったんだな」

口に出すと、少しモヤッとした気持ちになった。

志乃原が誰を気に入ろうが、前までの俺ならこんな気持ちにならなかった。

共に過ごす時間が長くなってきた弊害だ。

ただの日常会話でも、こうした感情の起伏が起きてしまうのがいい証拠。

「そうですね、気に入ったっていうのはなんか偉そうで嫌ですけど。別に相手は男じゃないですしね」

「あ、女の人の話だったのか？」

……思い返せば、そのバイトの人が男だということは一言も言っていなかった。

早とちりしていたのか。

「……あっ、なるほどですね」

志乃原がニヤリと笑う。

それはもう、ここ最近で一番の悪い顔だった。

早とちりしたことを隠そうとしていたが、遅かったようだ。

「もー先輩可愛《かわい》いんですから。そんな訳ないじゃないですか！」

「うっせ、そんなんじゃねえよ。また恋愛で失敗されると、一緒にいる俺の株まで下がるだろうが」

「うぇえ……なんですかその逃げ方ぁ……」

言いながら自分でもそう思った。今のと同じようなことを言ってのけるのが彩華なのだが、どうやらこの言葉は誰から発せられるかで効力が変わってくるらしい。

どんな言葉にも言えることだろうが、やはり借り物の言葉じゃどうしても浅くなる。

「もうちょっと、なんかこう、くださいよ！　私を慰める良い言葉！」

「お前は俺になにを求めてんだよ……」

志乃原はクッションを上にぽーんと投げて、またキャッチする。

「心の安定剤ですかね？」

「薬扱いかよ」

「言い方の問題ですよそれ。先輩といる空間が安心できるって言ったら、なんかポイント高そうじゃないですか」

「それ本人に言ったらマイナスだけどな……」

まあ、確かに悪い気はしない。

そもそも悪い気がしているのなら初めから家になんて上げないのが俺の性格だ。それくらいは自分でも分かっている。

「あ」

志乃原の視線を辿《たど》ると、時計の針はもう二十三時を回っていた。

毎度毎度のこと、この後輩は遅い時間まで残りすぎだ。

「明日もバイト早いんで帰りますね。ありがとうございました」

「明日もバイトだったのかよ、タフなやつだな。……まああんまり気を落とさず、頑張れよ」

気の合うバイト仲間がいるのといないのとでは、時間の過ぎる速さが違う。

少なからず、俺も志乃原の気持ちは分かっていた。

「連絡先交換できなかった人と会う方法がないって、こんなに不便に感じるものなんですね」

「まあ、このご時世誰とでも繋《つな》がれるからな」

会ったことのない人とでも、連絡先を交換できる時代だ。

バイトで同じ時間を過ごした仲良い人が連絡すら出来ない状態になるということは、一際哀《かな》しく感じるのかもしれない。

「先輩は——」

「いなくならねえよ。いいから帰れ」

「……私の言いたいこと、言われたいことを瞬時に察知しサラッと発言する……とんでもない先輩ですね」

志乃原はわざとらしい声色で驚きを表す。

玄関の前でブーツを履くために屈《かが》んでいて、表情までは見えないけれど。

何となく、今の志乃原の表情は想像できる。

「明日もバイト頑張れよ」

志乃原の頭に、ポンと掌《てのひら》を乗せる。

俺を見上げた志乃原は、普段とは違った笑顔で返事をした。

「……はい！」

多分この笑顔が、俺の日常を彩ってくれている。

口には出さないが、それだけは間違いなかった。

◇
◆

彩華との温泉旅行が決まってから、数日が過ぎた。

予定ではあと一週間余り。

春休みということもあり体感時間ではもうすぐそこに迫ってきている感覚だ。

ベッドに腰を下ろしている俺は、温泉街の魅力を余すことなく伝えるというパンフレットを片手に、何度も足を組み直す。

楽しみではあるのだが、どこかそわそわした気持ちにもなる。

そして、肝心の温泉には一人で入らなくてはならないという現実。旅行の本番は、旅館で食す豪華な晩ご飯になるだろう。

「……む」

気配を感じて、パンフレットから視線を外す。

瞬間、髪の毛が鼻先を掠《かす》めた。

「うおっ⁉」

思わず仰《の》け反《ぞ》る。それにつられて足が上がり、その足に後輩が引っ掛かる。

「きゃあ⁉」

結果、志乃原が俺の上にぶっ倒れてきた。

傍《はた》から見れば、志乃原に俺が押し倒されている図。普通逆だろ。

柔らかい何かが顔面を包み込んできて、俺はすぐさま抜け出そうとする。

健全な男として甘美な感触を確かめたい気持ちは当然存在するものの、後々の代償を考えればそんなことはしていられない。

逃れようと志乃原の脇を掴《つか》んで引き剥《は》がそうとすると、志乃原が変な声を上げた。

普段耳にしないような声色に動揺しつつ、次に取るべき行動を考える。

素直に謝るか、開き直るか。

むしろ怒るか。

――攻撃は最大の防御なり。

何とか志乃原から離れた後、俺は仁王立ちした。

「なにぶっ倒れてきてんだよ！」

「え⁉　先輩が怒るの⁉」

志乃原はベッドに転がりながら仰天した。

今の志乃原は部屋着で、外行きの服はハンガーに掛かっている。

だからあんなに生々しい感触だったのかと、思わず頰《ほお》を抓《つね》る。

「いや、無言でパンフレット覗《のぞ》き込んでた私が悪いから強《あなが》ちその対応は間違いでもないですけど……」

そう言いながら志乃原は自分の胸をそっと撫《な》でる。

恐らくそこが先ほどまで俺の顔が当たっていたところなのだろう。

柔らかな感触を思い出し、「いや、まあ俺も悪いけど」と小声で言った。


「ちょ、先輩……！」

足が引っ掛かったのは事故以外の何物でもないのだが、志乃原も責められる行為をしていた訳ではない。

それに思っていたより志乃原が怒りそうな気配もないので、俺が今しがたとった行動はただの大人気ない行動に成り果ててしまった。

「まあ、一緒にいたらこういう事故もたまには起こりますよね。多分」

志乃原はそう言って笑う。

本人はあまり気にしてなさそうなところを見ると、最初から素直に謝っておけばよかったと思う。

急にあのような状況に出くわしたので、冷静な判断ができなかったのは仕方ないともいえるのだが。

「で、どうでしたか？」

「はい？」

「いや、感想ですよ。どうでした？」

志乃原の顔をまじまじと見る。目の前で寝転がっている後輩が、正気かどうかを確かめるために。

すると志乃原はそこで初めて動揺したように目を逸《そ》らした。

「……そんなに見つめないでください」

「照れるとこそこかよ」

「照れてないです。気まずくなっただけです」

「嘘《うそ》つけ」

「嘘じゃないです」

ラチがあかないので一旦口を閉ざす。

間違いなくこの後輩は今照れたが、照れるところがおかしい。

感想を訊《き》くだなんて、恥じらいというものがないのだろうか。

「で、感想は？」

「そこそこだ、そこそこ」

こんな質問、真面目に答える方がどうかしている。

俺は適当に流すと、床に座り込んだ。

「ええ、そこそこですか。……そっかぁ」

「……おい」

何故《なぜ》かシュンとしてしまう志乃原に、俺は唇を嚙《か》んだ。

ここで「大変良かったです」と言えばからかわれることは必至だ。

だが、それでも、不慮の事故だということを鑑みるにしても。胸に触れた感想が「そこそこ」では、傷付いてしまうのかもしれない。

「……大変宜《よろ》しゅうございました」

せめてもの抵抗で芝居口調で言う。

志乃原はそれを聞いて口角を上げた。それはもう、素敵な笑顔で。

「よくできました、もー素直じゃないですね！」

「……ハナからそういう腹か！」

「そりゃあ、タダで許すほど安くないですもん。せめてお褒めの言葉くらいは頂戴しないと、割に合いません」

「ああ、そすか……」

疲労困憊《ひろうこんぱい》の俺を見て、志乃原は首を傾《かし》げた。

「それを踏まえても、絶対普通の男子なら嬉《うれ》しいと思うんだけどなぁ」

……志乃原の言う通り、多少の役得感があるのは否めない。

だがそれを口に出す訳にはいかない。

何もしないという信頼関係が、俺と志乃原の奇妙な共同生活を支えているのだから。

なんだかんだで、俺はこの生活を気に入っているらしい。

「腹減ってきたな」

「じゃあ、今日は麻婆豆腐《マーボーどうふ》にしますか」

志乃原はあっさりと話題を切り替え、起き上がった。

お腹《なか》をすかせたら、可愛《かわい》い後輩が美味《おい》しい料理を用意してくれる。こんな環境に身を浸していれば、一時の衝動に身を任せるのは些《いささ》か勿体《もったい》ない。

エプロンを腰に巻く志乃原の後ろ姿を眺めながら、俺は改めてそう思う。

「見られてると手元狂うんで、いつも通り漫画でも読んでてくださいね」

「いつも悪いな」

「好きでやってることなんで。お礼はヴィヴィアンの指輪でお願いします」

「文脈おかしくね？　無理だわそんな高い物」

以前にも高価な財布をプレゼントしたばかりなので、とりあえず却下しておく。

感謝の気持ちはお金で表すものではないのだ。

……そんな考えが綺麗事《きれいごと》だということも分かっているが、一人暮らしの学生財布事情を考慮して許してほしい。

「ジョークですよ。先輩のお財布事情くらい把握してますから」

志乃原は悪戯《いたずら》っぽく笑いながら、腕を捲《まく》る。

キッチンに立つ志乃原のエプロン姿は、もうすっかりこの家に馴染《なじ》んでいた。

第7話　いざいざ、温泉旅行

温泉旅館『嘉《よしみ》』は、高速バスで二時間半の時間を要する場所にある。

周りが山に囲まれているため民家などは少ないものの、温泉街は大勢の人で賑《にぎ》わっているらしい。それほど名の知れた温泉なのだろう。

季節は、徐々に気温が上がり始めた三月上旬。

今日は彩華《あやか》との温泉旅行の日だ。

お昼に集合し、今はバスの中で揺られている。スマホをいじったり、たまに雑談したりと、ゆっくりした時間が流れているので体力はまだ満タン。

これからバスを降りて旅館にチェックインし、荷物を置いてから温泉街へ繰り出す予定だ。

「もうすぐ着くわね」

隣に座っている彩華が、窓の外の景色を眺めながら言った。

俺もスマホゲームを閉じて、彩華越しに景色を確かめる。

三叉路《さんさろ》の右手側を進んでいくと、山ばかりだった景色からチラホラと民宿や食堂が見え始め、数分後にはパンフレットに載っていたものと同じ景色が広がっていた。

「良い雰囲気じゃん」

そう言葉を漏らすと、彩華が耳をぴくんとさせた。

「ち、近い」

「あ、わりい」

景色を確かめることに集中して、いつの間にか彩華の顔が目と鼻の先にあった。比喩ではなく、本当に。

乗り出していた身体《からだ》を席に戻すと、彩華はクスリと笑った。

「夢中になって距離感分からなくなってたのね」

「自分でも意外だわ、こんなに景色に夢中になるなんて」

徐々に窓から流れる景色のスピードは落ちていき、もうすぐ目的地だということがアナウンスによって告げられる。

昔ながらの温泉街は、田舎に住んだことのない俺にとって何もかも新鮮に映る。煌々《こうこう》と輝くイルミネーションとは、また違った趣があるようだ。

「着いた。行くわよ」

バスが徐行から停止にかけてノロノロと進んでいると、彩華が立ち上がる。

俺たちが座っているのは、降車口に一番近い最前列の席。早めに席を立てば、一番先にバスから降りられるはずだったのだが。

「うおっと」

立ち上がったタイミングでバスが停車して、バランスを崩す。窓際によろけると、彩華が身体を支えてくれた。

「気を付けなさい」

「イケメンかよ……」

「なによそれ」

一旦体勢を整えるために座り直すと、通路は既に乗客の長蛇の列で埋まっていた。

目的地はみんな同じ温泉街だ。

家族連れや、老夫婦、様々な人たちが列に並んでいる。

温泉街には高級な旅館が集まっていることもあって、学生らしき人は殆《ほとん》どいないように思えた。そのためか、列の進みは異様に遅い。

「タイミング逃したわね。ちょっと出られそうにないかも」

「だな。悪いな」

「ううん、急《せ》かした私が悪いわよ。本来停車まで席を立っちゃいけないしね」

そう言って彩華も座り直す。リクライニング席にもたれると、丁度いい弾力が押し返してくれた。

窓越しにも、温泉街が人で賑わっているのが分かる。ジブリなどで出てきそうな館も並んでいて、今からあそこへ行くのが楽しみだ。

「そこのカップルさんや。先どうぞ」

通路から声が掛かる。

俺と彩華は、恐らく同時に振り向いた。

老夫婦が立ち止まり、道を空けてくれている。

「俺たちのことですか？」

俺が訊くと、彩華がパシリと肩を叩《たた》いた。

「バカ、そうに決まってるでしょ。早く立って」

「お、おう」

急かされるように立ち、老夫婦の前に入れてもらう。

すぐに降車口だったので、とりあえずバスから出て老夫婦を待つ。

降りてきたのは、上品な服に身を包んだ老夫婦だった。

「ありがとうございました」

彩華がぺこりと頭を下げる。俺もそれに倣ってお礼の言葉を口にした。

「ありがとうございます。わざわざ立ち止まってまで列に入れてくださって」

それを聞くと、お婆《ばあ》さんはコロコロと笑った。

「いいえ、とんでもない。若いカップルを先に行かせてやれって、お爺《じい》さんが言うものですから」

「なに、若い頃を思い出してな。後ろの乗客には迷惑かけてしもうた」

高価そうなジャケットを着たお爺さんも照れ臭そうに笑う。

何と返事すればいいものかと思案していると、先に彩華が口を開いた。

「着いた途端にこんなお気遣いいただいて、とっても嬉しいです。良い場所なんですね、この温泉街」

彩華はカップルということを否定しなかった。

そのことに少し驚きはしたが、気持ちは分かる。

友達同士で来ています、と言うことで話に水をさすリスクを背負うのであれば、そのまま話を通してしまった方がお互い気持ちの良い会話ができるからだ。

彩華の言葉に、お婆さんは嬉《うれ》しそうに頷《うなず》いた。

「そうなのよ、私たちもかれこれ四度目なんだけどねぇ。日本の良いところをギュッと詰め込んだような、とても贅沢《ぜいたく》な場所なの」

更に言葉を続けようとするお婆さんに、お爺さんは苦笑いを浮かべた。

「これ婆さん、これ以上二人の時間を奪っちゃいかんぞ。わしらと違い、若い時間は貴重なんじゃ。老い先短いわしらが、二人の歩みを止めちゃいかん」

「あら、そのつもりよ？　それに、私たちの時間も貴重じゃないの。老い先短いんだからねぇ」

お婆さんの言葉にお爺さんも「まったくだ」と笑う。

二人の間には、俺には想像がつかないような時間が流れている。そう思わせるようなやり取りだ。

そして、老夫婦は一緒に軽い会釈をした。

「それでは、楽しんで。末永くお幸せに」

「あ、ありがとうございます」

俺と彩華は会釈を返す。

老夫婦はゆっくりと旅館へ歩いて行った。

旅行に一期一会はつきものだ。それが旅行の一つの良さでもある。初っ端《しょぱな》からあの老夫婦に会えたのは、幸先《さいさき》がいい。

「あんな風になれたらいいわね」

「……は!?」

横から聞こえてきた呟《つぶや》きに、俺は驚いて声を上げる。

彩華は「なによ」と言う表情で俺を見たが、やがて気付いたらしく顔を赤らめた。

「ち、ちが、あんたととか、そういう意味じゃないわよ!」

彩華が珍しく動揺する。

自分より動揺する人を見ると冷静になるのが人間の性《さが》だ。

呟きが聞こえた瞬間は、カップルということを否定しなかったのには俺が考えていたものと別の理由があったのかもしれないという疑念が生まれかけた。

しかし澄まし顔を繕うと、その疑念も霧散する。

「わかってるよ」と言うと、彩華はじっとこちらを見た。

俺は本気で勘違いをしていたのだが、今の動揺した彩華にはバレない自信がある。

志乃原《しのはら》も実はこんな感じで俺をからかっているのではないだろうか。確かめる術《すべ》は無いのだが、俺は何となくそう思った。

「なによ、生意気……」

彩華はぷいっと顔を逸《そ》らし、息を大きく吸う。

次にこちらへ向き直った時は、いつもの表情に戻っていた。

もっとも、それも取り繕ったものだろうということは、耳の赤さで分かる。

「ほら、私たちも行くわよ」

「別れた途端あの夫婦に追いつくの、何か気まずいだろ。もうちょいここでゆっくりしようぜ」

「……ま、それは言えてる」

立ち止まって、俺は空を見上げる。

春にしては、まだ肌寒いこの季節。

澄み切った青空が、俺たちを歓迎してくれているようだ。

「晴れて良かったな」

俺が言うと、彩華は頷いた。

「本番は、ご飯とかが出てくる夜だけど。でも、そうね。晴れるに越したことはないわ」

彩華も空を見上げた。眩《まぶ》しそうに目を細める様子に、俺はどこか微笑《ほほえ》ましい気持ちになる。

後ろでバスが発進する音が聞こえた。

都会から俺たちを運んできたバスが、この贅沢な空間と外を繋《つな》げる唯一の交通手段。

世の中の喧騒《けんそう》から隔離された場所に、俺たちはいる。

その事実が俺の気分を高揚させた。

◇
◆

旅館は俺が思っていたより何倍も風雅な館だった。

チェックインをする際のフロントは伝統的な日本建築を思わせる木造でありながら、どこか洋風な雰囲気も漂わせている。

和と洋が折り重なった絶妙なバランスで保たれている空間に、俺と彩華は暫《しばら》くうっとりとしてしまう。

そして、俺たちが泊まる客室はというと——

「広いな、おい！」

二人で泊まるにしては、十分すぎるほど広い。

畳の部屋と広縁が分かれているのは一般的なそれと変わらないのだが、規模が違う。

「寛《くつろ》ぐ場所と寝室が分かれているのね。……っと、肝心の露天風呂は一階か」

「……すげえなこの客室」

　思わず感嘆の声が出る。

　この客室は二階建なのだ。

　一階に風呂場、二階に寝室。もちろん客室の風呂場なので、その客室に泊まる人しか入ることができない。

　一階は広大なオープンテラスとなっており、内湯からも空が一望できるという仕様。

「ロケとかで使われそうな客室だな。芸能人とかが泊まってそう」

　素直な感想が口から漏れる。

　旅先で撮った写真をＳＮＳに上げる人の気持ちが少しだけ理解できた。確かにこれは自慢したくもなる。

　だがここでその発想が浮かぶのは、こういった場所に慣れていない証拠でもある。実際慣れていないのだが、それを自ら認めるのは何だか癪《しゃく》に障るので、俺はポケットから出しかけていたスマホをしまい込んだ。

　階段を降りていくと、その先は脱衣所だった。

　今は仕切りで見えないが、脱衣所の先に露天風呂が広がっているのだろう。

先に脱衣所に着いていた彩華が何かを読んでいるのが見えた。

覗《のぞ》き込むと、露天風呂の仕様を確認しているようだ。

「へぇ、御影石《みかげいし》……どうりで高級感があるわけね」

「聞いたことあるくらいだな。やっぱりこういうところでしか採用されないような石なのか？」

「知らないわよそんなの」

「今の呟きはなんだったんだよ……」

呆《あき》れて言うと、彩華は軽快に笑った。

「こういう高級な場所では、とりあえず分かったような口振りで感心しておくと間違いないのよ」

「間違い……ないか？」

「あんたがつっこんでこなきゃボロも出ないわよ」

彩華は口を尖《とが》らせ、浴場へと足を踏み入れる。

屋内には内湯、屋外には露天風呂。

この二つがこの客室に泊まった人だけの空間という訳だ。

内湯にはまだお湯も入っていないが、泳げるくらいの広さがあることが分かる。

「一人で入るのには広すぎるな」

俺が呟くと、彩華も同意した。

「そうね。でも、こんな広いところで一人っていうのも贅沢じゃない？」

「まあな。温泉に一人って結構珍しいし」

「そうそう。一度こういう広い浴槽のど真ん中で、お湯に浸《つ》かってみたかったのよね」

それも開放感があって良いかもしれない。

幼少期に、人の少ない銭湯でクロールをしたことを思い出す。あの頃は他人へ配慮するという意識がまるで存在していなかったが、今は違う。もう一生あんなことをする機会はないと思っていたが、この場なら誰にも迷惑をかけることはない。

「……あんた、変なこと考えてない？」

「うん、クロールしたいって思ってたな」

素直に言うと、彩華はドン引きしたような表情を見せる。顔で正気？　と語ってくるようだ。

「したいだけで、やらねえよ」

「どうだか……あんたってたまに頭おかしいから」

「失礼な！」

さすがにこんなお高い場所でクロールをするほどお子様ではない。少しばかり童心が蘇《よみがえ》ってしまっただけだ。

外に出る彩華に付いていくと、眩《まぱゆ》い陽光が露天風呂から反射していた。

彩華は身体《からだ》をぐっと伸ばして深呼吸する。

「んー、気持ちいい。来た甲斐《かい》があったわね」

「まだ来てから何もしてねえじゃん」

「またあんたはそういうこと言う。ちょっとは合わせなさいっての」

彩華は呆れ顔で「この先苦労するわよー」と付け足してきた。

自分の発言を相手の意見に合わせること。この社会では、世を渡っていく上で必須のスキルだ。それは学生同士においても同じこと。

自分が否と思っていても、肯定した方が自分にとって益があるという場面には、生きていればいくらでも遭遇する。

要所要所を見極めて発言することが、上手《うま》い世の渡り方だと俺は思う。そして、彩華はそれができる。

誰もが、自分の楽しいと思ったことを否定する人よりは同意してくれる人と一緒にいたいと思うから。

ただしそれは、本当に仲良くなる一歩手前までの話。

「いいじゃん、俺とお前の仲だし」

「私はいいけど……あれ、じゃあ別にいいのか。今日は二人だもんね」

「そうだろ」

彩華のほかに誰かがいるなら、配慮を込めた発言をしていた。彩華に対しても、気を遣えないということはない。

だが彩華と二人きりの時に本音を言わなければ、俺は一体いつ本音を言えばいいのだろうか。

生きていく上で、いつも本音を話すことのできる相手は必要だ。

そして俺にとってその相手は、高校の時からずっと変わらない。

「じゃ、今日も気楽にいきましょうか」

「おう」

彩華は柔和な表情を浮かべて、屋内へ戻っていった。

俺ももう一度だけ露天風呂を眺めてから、彩華に付いていく。

屋内へ入る寸前、柔らかい風を肌で感じた。

◇
◆

春風に煽《あお》られる枝葉のさざめきが、耳に心地よい響きを残してくれた。

辺りから下駄《げた》の鳴らすカランコロンという音が聞こえてくる。

石畳の道で奏でられる下駄の音には、若者の俺でさえ日本文化を感じる。

画像や動画を見るだけでは、こうして肌で情緒を感じることはできなかった。

周りを見渡すと、大通りで多くの客を集める店が目立つ。だが路地裏には営業しているかさえ判断が難しい料亭も構えられていて、足を運ぶ毎《ごと》に違う景観が視界に入ってきた。

先ほどの高級旅館と同じく、この温泉街は雰囲気が抜群と言える。

温泉街へ出てから数十分すると、彩華は店頭に並べられている昔ながらのお面を眺めながら、口を開いた。

「ほんとに好きな雰囲気だわ。若い人はいるけど、みんなマナーも悪くないし」

「同意。それな」

スマホを自撮り棒に固定して振り回している学生が存在しないのも嬉《うれ》しい要素の一つであることは否めない。

若者御用達《ごようたし》のスポットならば話は別だが、こうした温泉街にはあまりに不釣り合いだからだ。

「とはいえ、気持ちは分かるけど。SNSに上げたら、絶対反応くるって分かるもんね」

先程旅館で俺が抱いたのと同じ感想を彩華が言って、思わず苦笑いした。

ところどころ感性が似ているのは、志乃原に限らず彩華も同じことだ。そもそも、共通の感性が何一つない人と仲良くできる気がしない。

「あんたはどう、写真撮りたい？」

彩華はセーターの腕をまくり上げながら訊《き》いてきた。

空気は冷えていても、季節は三月。太陽が昇れば暖かい。

「同じこと、旅館で俺も思ってたけどな。踏みとどまった」

「そうなんだ。別に客室内なら良いと思うけど」

「うーん。なんか見せびらかしてるみたいで嫌じゃね？」

俺が言うと、彩華は軽く笑った。

「私だったら、友達がそういう場所に行ってるところを見ると擬似的に楽しんだ気分にもなるけどね」

「見る人が全員そういう考え方だったら、俺も軽い気持ちでシェアできるんだけどな」

なにぶん普段から頻繁に写真を投稿している訳ではないので、考えすぎてしまうのだ。

志乃原みたく日常的に投稿をしていると、きっと今日のような温泉街の写真も、受け手側は素直な捉え方をしてくれるだろう。

だが俺のように普段投稿をしていない人がこういう時にだけ投稿すると、色々思われたりするのではないか。

そんな考えを口に出すと、彩華は今度こそ本格的に笑い出した。

「あっはは、考えすぎ！　こういう時は自分を客観視できないところ、あんたらしいわね」

「うっせ、ほっとけ」

その言葉が「私は不貞腐《ふてくさ》れています」と主張しているようで、ますます恥ずかしくなる。

どこがツボに入ったのかは全くの謎だが、彩華は小さく笑い続ける。

やっと笑いがおさまると、彩華は俺の二の腕をパシリと叩《たた》いた。

「気軽にしていいのよ、大丈夫。なんなら旅館で私が写った写真でも投稿してみよ？」

「アホか、それこそ軽く炎上するわ」

彩華はもはや大学の学部内では軽い有名人と言っても差し支えのないほどの知名度を抱えている。そんな彩華と旅館で二人きりだと思わせるような投稿は、さすがに顰蹙《ひんしゆく》を買うことになるだろう。

俺ではなく、彩華がである。

本当に付き合っているのなら何の問題もないのだが、そうでないのだから彩華の品格も下がってしまうことになる。

等身大の彩華を知っている俺からすれば違和感はあるが、学内の彩華は鮮美透涼《せんびとうりょう》で通っているのだ。

彩華なりに努力して作り上げたであろうこのイメージを、俺が崩してしまうわけにはいかない。

「何言ってんの、あんたは別にノーダメージでしょ。被害があるのは私」

「だから駄目なんだろうが」

思わず飛び出た本音に、彩華は目をパチクリとさせた。

目が合うと、彩華はコホンと咳《せき》をする。

「変なところで真面目に考えるわね、あんた。……またキーケースみたいな小物が欲しいのかしら」

「ほ、欲しい！」

「こういう時は断りなさいよ……」

彩華は呆れ顔で息を吐く。

「そんなつもりで言ったんじゃない」などの答えが欲しかったのだろうか。

つい出てしまった馬鹿正直な言葉を、俺は悔いた。

仕方ないではないか。

志乃原の誕生日プレゼントを一緒に買いに行った日、礼奈《れいな》と再会したショッピングモールにて。

あの時貰《もら》ったキーケースは、すっかりお気に入りになってしまっていたのだから。

◇◆

肌寒い風を感じるようになったのが日没の合図となった。

空模様は薄暗く、そして控えめな暖色で地上を照らす。

そんな段々と夜に染まっていく温泉街をゆっくりと歩きながら、俺は周りからの視線を感じていた。

理由は明確。浴衣姿になった彩華だ。

白色の浴衣に青紫色の羽織を重ねた姿は、知人の俺でさえ驚いてしまうほど似合っている。

束ねた髪にはかんざしを挿し、露《あら》わになったうなじからは艶《あで》やかな雰囲気が漂っていた。

「やっぱ着替えて良かったわね。温泉街を浴衣で歩くのって、こんなに気分上がるんだ」

当の彩華は周りの視線を全く気にした様子もなく、上機嫌に下駄を鳴らした。

「あんたも似合ってるわよ」

彩華はこちらを覗《のぞ》き込むようにして言ってくる。

俺は「どうも」とだけ返し、目を逸《そ》らす。今の彩華はどうも刺激が強い。

浴衣で温泉街を歩きたいと言い出したのは彩華だった。

周りに溢《あふ》れる浴衣姿の人たちに触発されたのだろう。

浴衣など持参していなかった俺たちだが、基本的にこういう場所では旅館が浴衣を貸し出してくれている。

浴衣に着替えるためにわざわざ戻るのは億劫《おっくう》だったが、彩華に引きずられる勢いで手を引かれたのだから仕方ない。

気乗りせずにスタンダードな紺色の浴衣を無難に選んだのだが、いざ再び温泉街へ出向くと彩華の気持ちも分かってしまった。

服装を変えるだけで、この温泉街に溶け込んだような気分になれるのだ。

下駄を履く機会もそうそうないことなので、彩華に引きずられて良かったと内心思う。

「照れない照れない。ほんとに似合ってるし、結構いいチョイスじゃない」

「めちゃめちゃ普通の色だろ、これ。……お前も浴衣と、そのかんざし。良いと思うぞ」

「あっはは、ありがと。なんかあんたに褒められるとこそばゆいわ」

普段は粗雑に思えなくもない笑い方も、浴衣姿ということにより上品に見え、妙に胸が高鳴ってしまう。

このままでは調子が狂うと思った俺は、土産屋に足を運んだ。

「なんか買うの？　それとも、買ってくれるの？」

「買うし、お前にも買ってやる」

手に取ったのは、先程目にした昔ながらのお面だ。狐面《きつねめん》の色違いを二つ買うと、片方を彩華へ渡した。

「なにこれ」

「お面」

「いや、見たら分かるけど。なんで？」

「ドキドキするから」

「はい？」

何を言っているのか分からないという表情を見せる彩華を放って、俺は自分の狐面を付けた。

「ほら、連れがお面付けてるんだ。お前も付けないと」

隣に歩いている人が狐面姿だと、素《す》のままの人は恐らく恥ずかしい気持ちになる。一緒に狐面を付けた方がマシのはずだ。

「分かったわよ、仕方ないわね……」

戸惑いながらも、彩華は渋々狐面を付けた。桃色の狐面は、薄紫色の羽織によく映える。

狐面姿のまま店を出ると、今まで感じていた視線が少なくなったように思えた。

周りにもお面姿の人はちらほら見受けられるし、珍しい存在ではなくなったのだろう。

彩華からすれば不本意かもしれないが、俺にとっては周りにも彩華にも気を遣う必要がなくなる、まさに一石二鳥の妙手だ。

「お面、ちょっと息苦しいけど久しぶりでテンション上がるわね。子供の時みたいに走れないのが残念だわ」

思いの外ご満悦のようだ。

彩華は狐面姿のまま、別の店のお土産を物色しに行った。

これは一石三鳥だったかもしれない。

「……くるし」

俺は、その息苦しさに耐えられず一旦狐面を外してしまった。
お面を付けようと言い出したのは俺だというのに、なんとも情けない話である。
「ん？」
ふと周りの人の視線が一点に集まっている気がして、俺もその先を見た。
だがいまいち確認することができなかったので、少し歩いて近付いてみる。
するとそこに答えがあった。
みんなの視線の先には、赤い浴衣を着た女子がいる。
抜群の可愛《かわい》さと、浴衣によって醸し出される若干の色香。
道行く人が振り返るのも無理はない。
だが、そんなことよりも問題だったのは。
「――あれ、先輩？」
その女子が、小悪魔な後輩だったということだ。

◇◆

「奇遇ですね、先輩！」

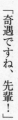

志乃原は手を振って小走りでこちらに近付いてきた。

周りの人はその光景を微笑《ほほえ》ましそうに見ながら通り過ぎていく。

大学では間違いなく嫉妬の視線を多く感じるであろう状況だが、さすがは温泉街というところか。

家族連れや大人のカップルなどが多くを占めるこの場では、そういった感情を抱く人は少ないのかもしれない。

——そんなことより。

「奇遇ですねって、お前……」

クリスマスに開催された合コンの際も、同じような面持ちで突入してきたのを思い出す。

あれから数ヶ月が経《た》ったと思えば感慨深い気持ちも無くはないのだが、今重要なのは志乃原をこの場から連れ去るということだ。

ここにいる理由を訊《き》くのはその後でいい。

「ちょっと来い」

「わっ」

手を摑《つか》んで、彩華が入った店とは逆方向へと歩き出す。

二人を遭遇させるのはまずい。お互い反応に困っている場に一人佇《たたず》むのはごめんだ。

数十秒歩くだけで元々いた路地は見えなくなり、人通りの少ない路地裏へと辿《たど》り着いた。

夕闇の頼りない光が閉ざされる。

「せ、先輩、こんな人気《ひとけ》のない場所に問答無用で連れてくるなんて……」

「うるせえ、なんでいるんだお前」

あざとい声色で発せられた言葉を一蹴すると、志乃原は小鼻を膨らませた。

「奇遇って言ったじゃないですか、奇遇ですよ」

「そういやこの前この温泉街が載ってる俺のパンフレット見てたな。あれか」

一週間前、志乃原は俺が読んでいるパンフレットを覗き込んでいた。タイミングから鑑みるに、志乃原がここにいる理由は十中八九そのパンフレットだろう。

「まあ、そうですけど。だってパンフレットに載ってるこの温泉街、とっても魅力的だったんですもん」

「やっぱり。ったく、付いてきたいならそう言えって」

思わず息を吐くと、志乃原は一瞬きょとんとする。

そして、「いやいや」と首を振った。

「違いますって。今日会ったのはほんとに偶然ですよ。私、今別の人と来てますから」

「へ？」

間抜けな声が出た。

志乃原の表情からも嘘《うそ》を吐《つ》いているようには思えず、俺は一旦深呼吸する。

「なんで深呼吸してるんですか？」

「ほっとけ、いやちょっと待って」

……考えてみるとパンフレットから分かるのは場所だけで、俺が行く日時までは分からない。

志乃原に日時を事細かに伝えていたわけではないので、今日この場に志乃原がいるのは本当に偶然なのかもしれない。

そうなると、今の俺の発言はただの間抜けということになる。

「……冷静じゃなかった。悪いな」

本当に奇遇だったのか。

そう結論付けて、俺は謝罪する。

「まあ、先輩がいたら面白いなーとは思ってましたけどね。ほんとにいるなんて、これはもうアレですね、運命の赤い糸！」

「はいはい、ご馳走《ちそう》さま」

「もー、なんで流すんですかー！」

志乃原はむくれて不平を言った。

反応したらしたで、微妙な表情をされそうなのが嫌だと言いたい衝動をぐっと堪《こら》える。

「んで、志乃原は誰と来てんの」

「お、いい質問ですね。質問されなかったらどうしてやろうかと思いました」

「やだ、俺殺されるの？」

「さすがに社会的にしか殺せませんよ〜」

「一番怖いやつじゃねえか！」

志乃原はケラケラと笑った。

軽いノリで喋《しゃべ》れるということは、恐らく相手は学部の友達といったところだろう。

「ぶっぶー」

志乃原は俺の思考を読んだように、両手の人差し指を口元で交差させた。

「正解は、バイトの人とでした！」

「よく俺の考えてること分かったな……」

数ヶ月の付き合いといえど、密度は濃い。

普段なら一人で過ごしていたような日にも志乃原は家に入り浸るようになっているのだから、当然だ。

何を考えているのかを察することができるようになってくる時期なのかもしれない。

「バイトで仲良かった人、連絡先分かったんだな。よかったじゃん」

「おお、バイトの人って言うだけでそこまで伝わるとは。さっきからなんか以心伝心ですね」

志乃原がバイト先で仲良かった人の連絡先が分からないと凹《へこ》んでいたのは、つい先日のこと。

それくらいは分かってても不思議ではないのだが、口に出すのも野暮《やぼ》なので「そうだな」と言って頷《うなず》く。

志乃原も満足そうにコクコクと頷くと、嬉《うれ》しそうに口を開いた。

「バイト先に制服返しに来てたところで偶然会えたんですよね、ほんと最近の私めちゃめちゃついてます。先輩にもこの幸運分けてあげたいです」

「その恩恵に与《あずか》りたいところではあるけどな。そういうことならそろそろ合流しないとまずいんじゃないか？」

今頃彩華も俺を探しているかもしれない。

幸いそろそろ夜の帳《とばり》が下りる頃おいだし、一旦旅館へ入ってしまえば遭遇することはないのだから、早々に解散するのが賢明な判断だ。

「先輩がこんなところまで連れてきたんですけどね」

……ぐうの音もでない。

早とちりでここまで連れてきた本人が言うことではなかったと、俺は頭を掻《か》く。

「ごめん。そのバイトの人にも、謝っといて」

「分かりました。じゃあ、ここで解散しますか？」

「え？」

再び間抜けな声が出た。

志乃原には、事前に男グループで温泉旅行へ行くと伝えてあった。

そのこともあって、てっきりいつかのサークル活動のように、グループに押し掛けてこようとするんじゃないかと危惧していたのだが。

志乃原は俺の表情から何かを察したようで、苦笑いした。

「私のことなんだと思ってるんですかー。先輩のグループに無理やりお邪魔はしませんよ。サークルとかと違って、今日はほんとのプライベートですしね」

「おお、珍しい……」

思わず漏れた言葉に、志乃原は口を尖《とが》らせた。

「珍しいんじゃなくて、これが私の通常運転なんです！　……多分！」

「なんで自信無さげなんだよ」

一瞬で軌道修正した後輩に、俺は思わず笑ってしまう。喜怒哀楽の激しいやつだ。

細かな感情の起伏をありのままに表現する後輩は、話していて退屈しない。

「だって常識とか、人によって捉え方も違うじゃないですか。断言はできませんって」

家に入り浸っていることを思い浮かべたのか、志乃原は唸《うな》った。

それこそ杞憂《きゆう》というものだ。

一人暮らしの学生にとって、家事を手伝ってくれる存在というのは喉から手が出るほど欲しいものなのだから。

「その分ご飯作ってくれてんだろ。大丈夫だよ」

俺が言うと、志乃原は目を輝かせた。

「そっか、先輩本人がそう言うなら私がとやかく考えることもないんだ！」

……その結論は間違っていないのだが、こうも瞬時に判断されると否定したくなるのは一体どうしてなのだろう。

俺は肩を鳴らして、「じゃ、解散すっか」と言う。

すると志乃原は眉をひそめた。

「解散するのはいいんですけど。ちょっと、先輩」

「ん？」

「……ずっと待ってたんですけど」

キョトンとすると、志乃原は小物入れを俺の太ももへぶつけた。

「浴衣ですよ！　どんだけ無反応なんですか！」

「あっ」

端麗な容姿と華やかな浴衣の組み合わせに最初は目が眩《くら》んだものの、途中からそれどころではなくなっていた。

ようやくジッと志乃原を見つめる。

「……どーです？」

志乃原は控えめな上目遣いでこちらを窺《うかが》ってくる。

俺は顔を逸《そ》らして、感想を伝えた。

「……綺麗《きれい》っすね」

「あはは。照れ隠し下手なんだー」

志乃原は手を口に当てて笑う。

俺は人を褒めるという行為に苦手意識がある訳ではない。

だがこうして改めて求められると、気恥ずかしくなってしまうのはどうしようもないことだ。

「じゃー先輩、またね」

「おう」

俺の返事に、志乃原は口元に弧を描いて応えると、元気に下駄《げた》を鳴らして大通りへと小走りで戻っていく。

少しずつ小さくなっていく背中を見届けようと、俺は壁にもたれた。

壁に目立つ汚れはないため、浴衣が汚くなることもないだろう。

……そういえば、俺も浴衣を着ていたのだが、何も言われていない。

「俺にだけ感想言わせといて……」

感想を求めていた訳ではないが、自分だけ感想を言わされたという事実が癪《しやく》だ。

俺は小さくなっていく後ろ姿を恨めしげに眺める。

すると志乃原の朱色の浴衣姿が、狐面《きつねめん》の浴衣姿の影と交差するのが見えて、跳ねるように姿勢を戻した。

「……間一髪だな」

朱色の浴衣姿は狐面の中身に気付くことなく、そのまま去っていく。

狐面の浴衣姿はその後ろ姿に一瞬目を奪われた様子だったが、表情は狐面に隠れて確認することはできない。

やがて狐面を被《かぶ》った彩華は、俺に近付いてきてこう言った。

「——あんたって、運悪いの？」

そう言って狐面を外した彩華は、どこか諦めたような表情だ。

俺も苦笑いして「多分」と頷いた。

今しがた志乃原から幸運を分けてもらったはずなので、効いてくるのを待つしかない。

俺と彩華は再び狐面を装着して、温泉旅館へ戻るため足を進める。

狭い視界から、提灯《ちょうちん》の灯《あか》りがチラついているのが見えた。

◇◆

「じゃ、お風呂行こっかな」

旅館へ戻ってきて数十分後。

彩華は空になった茶菓子の袋をくしゃりと丸めながら、そう言った。

「おう、いってら」

俺は三つ目の茶菓子に手を伸ばしながら返事をする。

熱いお茶を少しずつ飲みながら茶菓子を食べるのは、温泉旅館で味わえる至福のひとときだ。

茶菓子を咀嚼《そしゃく》する俺の姿を見て、彩華は肩をすくめた。

「食べすぎじゃない？　ご飯前にそんなに食べると、お腹《なか》いっぱいになっちゃうわよ」

「いいんだよ、温泉で汗かいてカロリー消費すっから。それにお前も美味《おい》しそうに食ってたろ」

この後夕食が部屋に運ばれてくるのは分かっているが、高級旅館は茶菓子も一流。伸びる手を止められないのだ。

「私は健康のためよ。温泉へ入る前に何かお腹に入れとかないと」

「え、食べた直後にお湯に浸《つ》かるのは控えた方がいいんじゃなかったっけ？」

健康番組でそんなことを聞いたような気がする。

いつどこで聞いたか全く覚えていなくても、いつの間にか知識として吸収されていることはよくあることだ。

そんな俺から発せられた曖昧な疑問に、彩華はかぶりを振った。

「それはあくまでお腹いっぱいになった場合。茶菓子一つくらいなら、血糖値を上げて身の安全を守ってくれるのに役立つわ」

「身の安全って、俺らまだ若いだろ」

「知らないの？　お風呂での死亡事故って、今や交通事故より多いのよ」

「……お風呂こわ」

毎日欠かすことのないルーティンとなっているお風呂に、そんな大きなリスクがあるなんてあまり信じたくない話ではある。

それに今日は温泉旅行なのだ、万が一にもそんな事態に遭う訳にはいかない。

「じゃあもっと菓子食うわ」

「待って、食べすぎって言ったところでしょ。一個で充分だって！」

そう言って彩華は俺の手から茶菓子を取り上げた。

浴衣の袖が鼻先を掠《かす》める。

「おい！　健康のためだろ！」

「一個で充分って言ってんでしょ、そんなに心配なら私が見ていてあげるわよ！」

「何言って――」

勢いで言おうとして、息が詰まった。

本当に何を言っているんだ、こいつは。

俺が返答をしあぐねていると、彩華は息を吐いた。

「冗談に決まってんでしょ」

「……なんだよびっくりしただろーが！」

「本気にする方もおかしいと思うけど」

「ぐっ」

……まあ、それはその通りだ。

高級温泉旅館に訪れているという高揚感が、いつもの冗談を本気と捉えさせたのかもしれない。

心臓に悪い冗談に、俺は苦笑いする。

「ま、冷静に考えりゃそんな訳ないもんな。じゃあ、とりあえず温泉楽しんでこいよ」

その言葉に彩華は「言われなくても」と笑って、階段を降りていった。

遠のいていく足音を、俺は頬杖《ほおづえ》をつきながら聞いていた。

一階にはこの部屋に滞在する客専用の、内湯と露天風呂がある。

そして内湯と露天風呂の境目には扉があった。

――正直。

仮に俺が彩華に付いて行ったところで別の湯に入れば――という、男として当然抱いてしまう欲求が脳裏を過《よぎ》ることは否めない。

何も、完全な混浴というわけではない。

二人で温泉旅行に来ているのだから、それくらいはいいかもしれないという、淡い幻想。

まだ湯気の立っているお茶を一気に飲み干す。喉に焼けるような痛みを覚えたが、その代わり邪念を振り払うことはできた。

「──っ」

これが、彩華のことを知らない普通の男ならば。

二人きりで温泉旅行へ行くという事実を、たとえ付き合っていなかったとしても、そういうことをしても許されるという判断の材料にしてしまうかもしれない。

実際旅行などの予定を取り付けて、一夜を過ごしてから付き合い始めるカップルもいる。

だが俺たちはカップルでもなければ、これから付き合う予定も、多分ない。

彩華との仲を訊《き》いてくる友達は、藤堂《とうどう》を含め複数人いる。

それは俺が彩華と付き合いそうで付き合っていないという、微妙な距離感だと周りに思われている証拠に他ならない。

周りに見られているという感覚を窮屈に感じたことも、一回や二回ではない。

それでも周りからどう思われていようが、俺はこの彩華との関係がとても好きだから。

その関係を崩してしまうことは、絶対にしたくない。

俺はそう思っていて、彩華も同じように思っているのだろうと踏んでいたのだが。

そんな言葉が口から漏れる。

「……この状況」

二人きりで旅行なんて、今までの付き合いで初めてのことだ。

彩華がどういう考えで俺を誘ったのかは、よく分からない。冷静になって思い返してみると、彩華の軽い誘いに、俺も特に考えることなく了承していたが。

もう少し考えてから返事をすればよかったのかもしれない。

彩華が俺に信頼を置いてそういった誘いをしてくれたのは素直に嬉《うれ》しいのだが、あいつは一つ勘違いをしている。

俺と彩華は確かに親友だ。

――ただ、いくら親友であったとしても。

先程までの彩華の浴衣姿を思い出す。

上品な着こなしに加え、露《あら》わになったうなじから漂う艶《あで》やかな雰囲気。

何も思わないはずがない。

志乃原に負けず劣らずといった美貌を前にして、何も考えるなという方が無理のある話なのだ。

こうした思考が、彩華の信頼を裏切る形になるのかは分からない。それは彩華が判断することで、そこに俺の気持ちが介入することはない。

彩華は、もし俺がこんな思考を持ち合わせてしまうことを知った時、どういった感情を抱くのだろうか。

それも、その時になってみなければ分からない。

結局人の気持ちなんて何もかも、想像の域を出ることはないのかもしれない。

俺は胸のモヤモヤを晴らそうと、空になった湯飲みに熱いお茶を再び注ぐ。

注がれるお茶に、茶柱は抗《あらが》うことができず沈んでいく。

揺れ動く茶柱を眺めながら、俺は想起した。

高校時代の、美濃《みの》彩華。

俺と彩華が出会った、青い春の日のことを。

第８話　美濃彩華

――そいつは、物憂げな表情で窓から身を乗り出していた。

高校二年。

２-Ｃ、放課後の教室。

誰もいないはずの赤みがかった教室に、一人佇《たたず》む影が揺れている。

視線の先に何があるのかは分からないが、俺はつい声を掛けていた。

「どこ見てんの？」

小さく肩が震えて、そいつは振り返る。

鋭い視線に俺は思わずその場に立ち止まった。

「なに？」

たった二文字のその言葉に、これ以上近寄ってほしくないという意志を感じ取る。

俺は肩をすくめて、傍《そば》の机に腰を下ろした。

「高一からクラス一緒の仲だろ。そんな邪険にすんなよ」

「……一緒の仲って、クラス替えした次の日に言われてもね。高一の時も、そんなに沢山喋《しゃべ》った覚えないし」

近寄ってこない俺を見てか、それとも顔を思い出してのことか、警戒心を多少解いた様子でそいつは再び窓の外を眺め出した。

――美濃彩華《みのあやか》。

この高校で美女ナンバーワンの呼び声が高い女子生徒。

実際こうして目の当たりにすると、後ろ姿だけで近寄りがたい雰囲気がある。

「連続でクラス一緒になったら、その時点で多少仲良くなるのが普通かと思ってたわ」

俺は一言だけそう言うと、鞄《かばん》から最近親に購入してもらったばかりのスマホを取り出す。

基本的に学校内での使用は禁止されていたが、放課後なら先生の目も届かない。

「……何かこの教室に用でもあるの？」

できれば早く出て行ってほしいと言わんばかりの声色に、俺は思わず笑いそうになった。

美濃彩華は、確かに美人と評判で、人気も高い。

だが同様に、少し性格がきついということでも有名だった。

「今日日直なんだよ。最後に教室の鍵締めるの、俺なの。美濃さんが出て行かなきゃ、俺もこっから出られない」

半分本当で、半分嘘《うそ》。

日直で教室の戸締りを任されているのは本当だが、別に他人に任せてしまっても咎《とが》められることはない。

だから俺はここにいる美濃彩華に鍵を渡してしまえば、滞りなく部活へ戻ることはできるのだ。

それをしなかったのは、評判の美濃彩華と話をしてみたかったから。

こいつの周りにはいつも人がいたから、こうして二人きりの時間があるのはこの高校生活で初めてのことだった。

「そう。迷惑掛けちゃうわね」

「出て行く気はないんだな」

軽く笑って、俺は机を二つ並べて横になった。

美濃彩華は、そんな様子を目を細めて見つめてくる。

「心配しなくても、友達の机だよ」

「……ならまだマシね」

俺は返事をせず、買いたてのスマホに新しいアプリをどんどんインストールしていく。

美濃彩華もそんな俺に対しての興味はすっかり失《う》せたようで、窓枠に肘を乗せた。

——美濃彩華、性格に難あり。

そんな噂《うわさ》が流れてきたのは、一体いつ頃のことだっただろう。とんでもなく美人な一年がいるという噂が出てきてから、数ヶ月後のことだったかもしれない。

確かにこうして実際に話してみると、口から出る言葉は容姿端麗な人のイメージとは少々ギャップがある。

だが決して不快な部類ではない。最初から素で話しているであろうことが分かるので、こちらとしても余計な気を遣わなくてもいいと思えるからだ。

この噂の出所は分からないが、顔立ちが整っているというだけでそんな噂が立ってしまうのだから、美人も得ばかりではないのだなと感じた。

「美濃さんって性格悪いの？」

俺の馬鹿正直な質問に、美濃彩華は振り向きもせずに答える。

「そんなの、自分で決めたら？」

「……ごもっとも」

その一言で、俺は美濃彩華に関する噂の一切を忘れることにした。

自分で見たもの、感じたものが全て。

そう思わないと、目の前にいる美濃彩華と話す機会はもう訪れないだろうと直感したのだ。

それから数十分、俺と美濃彩華は殆《ほとん》ど無言で放課後の時間を共に過ごした。

バスケ部の練習時間はとっくに過ぎていたが、今日は外練の日。

罪悪感どころか、キツい走り込みが主となる外練をサボる口実ができて良かったとさえ思いながら、俺はパズルゲームに勤《いそ》しんだ。

「羽瀬川《はせがわ》君だっけ」

「ん？」

唐突な苗字《みようじ》呼びに、俺は身体《からだ》を起こした。

美濃彩華はカーテンを閉めながらこちらを見据え、やがて口を開く。

「私、今日告白されたの」

「へえ。まあ、珍しい話でもないんだろ？」

美濃彩華が最近モテ期に入っていることは、学内でも有名だった。高一の最終日なんて、それまで仲良くしていた男友達三人から同時に告白されたらしい。

それをまた同時に振ったというエピソードが、始業式の合間に面白おかしく生徒の間で語られていた。

　そのエピソードに纏《まつ》わる噂は、真偽はどうあれ多々あるようだった。

「……茶化《ちゃか》したりしないんだ」

「いや、なんで茶化すんだよ。そんな仲でもないんだろ、俺たち」

「やーね、根に持たないで。二年連続クラス一緒の仲でしょ、私たち」

「どの口が言ってんだ！」

　俺が声を張ってつっこむと、美濃彩華は少し間をおいてクスリと笑った。

「うん、いいね。羽瀬川君の、その感じ」

　カーテンの隙間から溢《あふ》れる夕陽《ゆうひ》が、美濃彩華の背後で爛々《らんらん》と光る。

　俺の肩をトンッと叩《たた》いて、美濃彩華は言った。

「これから、よろしくね」

　それは恐らく何処《どこ》にでも溢れる、普通の挨拶。

　関係を深めるにあたって役立つ、ありふれた言葉。

　だからこそ如実に感じることがあった。

　――哀《かな》しい声だ。

何があったのかは知らない。
まともに話した機会が少なかったことから、訊《き》くこともできない。
それでも美濃彩華が教室から出て行くのを見届けながら、俺は思った。
学内の人気や評判などは関係なく、純粋に思う。
美濃彩華のことを、もっと知りたいと。
一人の人間を知りたいと思う動機に、明確な理由は必要ない。
必要なのは、当人がどう感じているかということ一つのみ。
俺はその時、美濃彩華に興味が湧いた。
これは、ただそれだけの話。
窓の外から聞こえるバスケ部の掛け声に急《せ》かされて、俺も教室の外へ出た。

◇◆

——美濃彩華と友達になった。
何がきっかけかと他人に問われたら、あの何気ない放課後からとしか言いようが無い。

少なくとも、何か劇的な出来事が起こったからではないのは確かだ。

流れるように日々は過ぎて、いつの間にか周りから見た俺は『美濃彩華と仲の良いバスケ部員』という認識に落ち着いていた。

仲良くなる前は『バスケ部の男』くらいにしか思われていなかっただろうから、進歩といえば進歩かもしれない。

話したことのない生徒でも俺のことを知っているというのは、何とも奇妙な感覚だった。

バスケ部で結果を残したからだとか、そういった理由ならば誇らしい気持ちもあっただろうが、ただ人気の女子生徒と仲良くなっただけだ。

喜んでいいのかは微妙なところだったのだが、それでもまあ嫌という訳ではなかった。

「告白された」

高校二年の夏、昼休み。美濃はまた報告してきた。

何故《なぜ》かその類の報告の際は、いつも表情が優れない。

「そっか。すげーじゃん」

何も考えずにそう言うと、美濃は息を吐いた。

「すごかないわよ。羽瀬川は友達から告白されたらどんな気持ちよ」

そう言われて、目を閉じて思案してみる。

脳裏に浮かんだのは女バスの友達だったが、告白されることを想像すると多少気分は高揚した。

「まあふつーに嬉《うれ》しいな」

「あっそう。バカみたい」

「バカとはなんだ！」

憤慨して、俺は口に運ぼうとしていた卵焼きを一旦弁当へ戻す。

美濃は気にせず春巻きを口の中に入れた。

──俺と美濃は昼休みに、中庭のベンチで一緒に昼ご飯を食べるようになっていた。

その時は美濃の女友達だったり、男友達も混ざることが殆どだが、たまにこうして二人きりになる時間がある。

告白の報告をされるのは、いつも決まって二人の時だった。

放課後のあの時間が遠因となっているのかもしれない。

だが信頼されるということに悪い気はしない。

そんな美濃も誰に対しても態度を変えることなく、友達からは信頼されていた。

赤の他人がどう噂しようと、美濃は真《ま》っ直《す》ぐ自分の意見を曲げない。

美人ということを鼻にかけない明け透けな人柄だからこそ、惹《ひ》かれる者が多い理由も分かる。

告白される回数も、その現れだろう。無論、単純に顔だけで好きになる男も少なからずいることも否めないが。

「そういや、榊下《さかきした》は？」

榊下はお昼時にいつも顔を出してくる、お調子者の男子だ。二年連続クラスが一緒で、一年生の時からイベント事にも積極的に参加するクラスの中心的な存在。俺も榊下とは割と喋《しゃべ》る方だった。

そんな榊下の姿が昼休みに確認できないのはかなり珍しいことだったので、ふと気になって美濃に訊く。

美濃は無言で春巻きを食べ切った後、弁当箱を蓋で覆った。

「さあ。ここには、もう来ないいんじゃない？」

「へ？」

間抜けな声が出た。

美濃は特に榊下と仲良くしていたはずだった。二人はお互い帰宅部だということもあって、一緒に帰る姿も何度か見かけていたのだが。

そんな榊下がもう昼休みに来ないとは、一体どういうことなのか。

疑問に思っていたことが顔に出ていたのか、美濃は俺と目が合うと苦笑いした。

「なんで変顔してるの？」

「いや、別に変顔してる訳じゃねえよ。失礼すぎるだろ」

「あはは、ごめんごめん」

美濃は乾いた笑い声を上げた後、上を見上げた。

中庭にある大きな樹木からなる緑葉が、夏の日差しから俺たちを隠してくれている。

それでも多少は眩《まぶ》しかったのか、美濃は片手を翳《かざ》した。

「……告白してきたの、榊下なの。私はそれを断った。だから多分、もう来ないわ」

言葉に詰まった。

返す言葉が瞬時に見つからず、俺も思わず美濃に倣って上を見上げる。

瞬間風が吹いて、緑葉が枝から離れて飛んでいった。

緑葉はひらりひらりと風に煽《あお》られて舞った後、静かに池に落ちていく。

「そういうこと。ま、羽瀬川は気にしないでいいよ」

美濃は静かに笑った後、言った。

その声色は、以前放課後の教室で聞いたそれと同じだった。

あの時の告白も、高一の時に三人同時に受けたという告白も。

もしかしたら、美濃にとっては全てがマイナスにしかならない出来事だったのかもしれない。

美濃は榊下を振る時、どんな思いだったのだろうか。

「彩ちゃーん！」

「あっ、由季《ゆき》。遅いよ、もう食べ終わっちゃう」

俺の思考は、いつもの面子《メンツ》が登場したことにより妨げられた。

いつも通りの昼休みが始まる。

榊下という人間が欠けていることについて、これからまた質問が飛び交うだろう。

その度に、美濃はあんな表情をするのだろうか。

今までの告白も、同じように誰かが欠けるきっかけになっていたのだろうか。

思い返せば、いつの間にかこの中庭に来なくなっている生徒が数人いる。

特に仲が良かったわけでもなかったことから、今しがたの美濃の話を聞くまでは気に留めていなかったのだが。

——誰かが言っていた。

美濃彩華の周りには、常に大勢の人がいる。

その顔ぶれは、頻繁に変動していく、と。

◇
◆

「ねえ、羽瀬川って私のことどう思ってんの？」

文化祭が終わり、木枯らしが吹き始めた季節。

バスケ部の外練で校庭を三十周走った直後、俺は美濃にそう訊かれた。

「……今疲れてんだけど……」

校舎と校庭を繋《つな》ぐ坂道は、三十周を走り終えた部員が辿《たど》り着くゴール。

仰向《あおむ》けになって息を整えていると、急速に汗が引いていくのを感じる。

肌寒くなる前に汗を拭いてしまいたいところだが、生憎《あいにく》タオルは体育館前に置いてある鞄《かばん》の中だ。

今は取りに行くことはおろか、動くことすらしたくない。

鈍った頭で美濃の質問の意味を考えていると、上からタオルが降ってきた。

「わっぷ」

「お疲れ。タオル貸してあげる」

「……さんきゅ。これ、美濃の？」

ラズベリーの香りが鼻腔《びこう》をくすぐる。ふわりとした肌触りは、正直とてもありがたかったのだが。

美濃の姿を横目に見る。美濃は制服の上から重ねたコート姿で、高校二年生にしては大人びて見えた。

「そうよ。汗ほっといたら、風邪引いちゃうでしょ」

美濃は微笑した後、風に靡《なび》く髪を面倒そうに押さえる。

……最近美濃の周りに、男子はあまり寄らなくなった。

男友達から告白されては振ることを繰り返す美濃を見て、美濃の性格に難ありとの噂《うわさ》が流れ始めたというのが要因の一つ。

だが噂自体は美濃の耳に届けば不快になる類のものには違いないものの、信じる生徒は少ない。

噂と同様に、高校二年の冬は受験勉強に本腰を入れ始める生徒も多く、色恋沙汰に関しての興味が薄れる時期だからというのが要因として大きかった。

近くにいると好きになってしまうかもしれない。

でも振られるのは分かり切っているから、なるべく避ける。幸い部活最後の大会、そして受験が控えているので、丁度良い——

美濃から離れた生徒の一人からその言い分を聞いた時は、怒りの中に、僅かな共感があった。

――僅かでも共感してしまう自分に嫌気が差す。

男子が美濃から離れるのは、皆自分の保身のためだ。

振られたくない。

傷付きたくない。

それならば、最初から近寄らない方がいい。

その計算の中に、美濃の気持ちは考慮されていない。

男子生徒にその考えを言ったのは、夏頃に振られた榊下だった。

良くも悪くも影響力のある榊下の一言は、裏で多くの男子の共感を呼び、美濃を密《ひそ》かに敵視する生徒さえ出てきた。

何故みんな、榊下の意見に共感したのだろう。

確かめた訳ではないが、理由は大方そう結論付けた方が分かりやすくて楽だからだろう。

耳の痛いことからは、なるべく逃げたいのが人間だ。

皆、楽な道が好きなのだ。

――そしてそれは、俺も含めて。

榊下のように、離れる理由を全て美濃本人に押し付けるのは、人の気持ちを無視する浅ましい考えだとは思う。

だが、俺は榊下にその場で反論をしなかった。

反論をすれば、今度は俺も何かしらの理由を付けられ陰口を叩《たた》かれることになるかもしれない。

もしかしたら、学校生活に支障をきたすことになるかもしれない。

そんな考えが無意識の内に口へ蓋をして、俺はその場で頷《うなず》いてしまっていたのだ。

「羽瀬川、さっきの質問なんだけど。答えまだ？」

タオルで汗を拭きながら、考える。

俺もこのまま時が過ぎれば、いずれ美濃のことを好きになるかもしれない。

そういった気持ちが今のところ出てきていないのは、報われないことが分かりきっているからだ。

普通は綺麗《きれい》な女子と仲良くなれば、八割方好きになってしまうのが男子というもの。

今後もし、好きになってしまったら。

それでも俺は、隣にいたいと思う。

告白なんてしなくていい。

ただ隣にいるだけで、多分幸せなはずだから。

「……友達だよ。言わせんな、恥ずかしい」

少なくとも、今はまだ。

言葉の裏に、そんな想《おも》いを滲《にじ》ませる。

答えると同時に、校庭から戻ってくる部員がちらほらと流れ込んできた。

美濃は顔見知りの部員に「お疲れ」と声を掛けていく。

それに応える男子は皆満更でもない様子で、結局男子なんてそんなものだと再認識する。

「行こうぜ」

美濃にタオルを返して、俺は重い足を体育館へと進める。

今日の練習は校庭を三十周走り終えれば、各自終わっていいことになっている。

美濃はタオルを鞄に入れて、付いてきた。

「友達って、ほんとに？」

「そこで嘘《うそ》ついてなんになんだよ」

「私ともっと仲良くなれる」

「……ばかかお前」

美濃が何を確かめようとしているかは分かる。

自分に気があるのか、それが知りたいのだ。

気がないと分かれば安心して今まで通り接することができるし、ありそうだと思えば自分から距離を取る。

美濃は以前から、今のように人との距離感を測ろうとする言動をしていたのだろうか。

答えは恐らく否。

仲の良かった者が自分の元を去っていくことに対し、何も感じない人間がいるはずがない。

傷付きたくないから、自分から距離を取る。

皮肉にも美濃は、自分の元を去っていく人間と同じことをしている。

「美濃って、なんで告白するやつ全員振るんだよ」

そもそも、彼氏がいれば告白される回数はガクンと落ちるはずだ。

そうなれば、自分の元を去っていく男友達も減る。

単純な対策だ。なぜ彼氏を作らないのか。

そんな考えから訊《き》くと、美濃は眉を顰《ひそ》めた。

「どういう意味？」

「試しに付き合ってみるくらい、普通にありだったと思うけどな。そんだけ告られりゃ、

「一回くらい付き合ってもいいって男いたんじゃねえの」

何せ、受ける告白の総数が違うのだ。

あれだけ数がいれば、一人くらい良い人がいるかもしれないと思うのが一般的な思考ではないのだろうか。

だが美濃は、今度こそあからさまに顔を顰《しか》めた。

「なんで好きじゃない人と付き合わなきゃいけないの？」

そう言われてしまえば、もう返す言葉がない。

多分恋愛観に関しては、既に美濃の中で答えは決まっている。

となると、俺が何を言ったところで響くはずもない。

ただそこで押し黙るのは何となく悔しくて、俺は無理やり喉元から言葉を押し上げる。

「……まあ、それはそうかもしれないけど。付き合ってから始まる恋だってあるんじゃって思っただけ」

「私は最初から好きな人って確信できる人とだけ付き合いたいの」

「仲良くしてたやつらは、好きじゃなかったのか？」

「友達の好きと、恋愛の好きは違うでしょ」

羽瀬川ならそのあたり分かってるでしょ。

そう言いたげな表情だ。

「さっきから何が言いたいの？」

要領を得ない会話に、ついに美濃は立ち止まった。

瞳には疑念の色が渦巻き始めている。

こういう時の美濃には、恐らく嘘は通じない。

そのことが分かるくらいには、美濃と過ごしてきた時間は濃い。

俺は観念して、素直に口を開く。

「……嫌なんだよ」

「何が？」

「自分と仲の良い人が、他人からグダグダ言われているこの状況」

言うと、美濃は目をしばたたいた後、微笑した。

「ごめん。あんたには苦しい思いさせてる」

「美濃が謝ることじゃねえだろ。それがまた、腹立つんだよ。イライラする。この状況にも、何より自分に」

一番苦しいのは美濃のはずなのに。

それは以前から分かっているはずなのに、俺は自分の感情の拠《よ》り所《どころ》を探すことに精一杯で、結局俺も自分のことを優先してしまう。

「俺、ほんとに美濃を良い友達だと思ってる。なのに、俺はいつも自分を優先してる。この前だって――」

――榊下に、反論できなかった。

言いかけたところで、やめた。

既に榊下の陰口が美濃自身の耳に入ってしまっていたとしても、その事実を改めて俺から聞かされるのは、更に負担を強いることになる。

俺が負担をかけてどうするんだ。

自分の至らなさにまた腹が立ち、唇を強く噛《か》む。

僅かに、鉄の味がした。

「……バカね」

美濃は息を吐くと、俺の口元へ手を伸ばした。

スラリとした美濃の指に、赤い血が付着する。

美濃は躊躇《ためら》うことなく、その血をハンカチで拭いた。

「ほんとに、あんたは気にする必要ないのよ」

「でも、友達だろ」

「うん。そう言ってくれるのは嬉《うれ》しい」

ありがとうと微笑《ほほえ》まれる。

今までで最も柔和な表情だった。

諭すように、あやすように、美濃はゆっくりと言葉を紡ぐ。

「でもね、羽瀬川は自分を一番に優先していいの。それはとても自然なことで、多くの人が無意識の内にしてることなの。あんただけがいちいち気に病んでたら、不平等だと思わない？」

それに、と美濃は髪をかきあげた。

今度はハンカチを俺の口に直接当てながら、苦笑いしている。

「私自身も、自分を優先してるから。今まで、ずっとそうだった。だからこうなったのかもしれないけど、それは自業自得ってだけで、やっぱり羽瀬川には関係ない話だよ」

美濃の目が、一瞬だけ遠い場所を見るように虚《うつ》ろになった。

焦点の合わない場所を見ているのが伝わってくる。

過去か、未来か。

その瞳は、今何を映しているのだろう。

「……自業自得なんだよね、ほんと」

美濃はポツリと呟《つぶや》いて、ハンカチを小さく畳む。

「……それでも、変わる気にはなれない。これが、私だから」

その言葉を聞いて、俺は胸を打たれた。

世渡りの上手《うま》い人ほど、自分の在り方を簡単に変える。

良く言えば順応性の高さ、悪く言えば芯の無さ。

それは大人になるに連れて必要になってくる能力で、学校はその能力を培う場と解釈することもできる。

だが、世の中には少なからず存在しているのだ。

自分を曲げず、世の中にも溶け込み、社会的地位を築いていく人間が。

少なくとも俺は自身がそうなることはできないと知っている。諦めてしまっている。

だからこそ、自分とは違う何かを持っていると感じる美濃彩華には、芯を持ち続けて欲しいと願ってしまう。

個性を隠すというのは、とても悲しいことだと思うから。

「……美濃はそのままでいろよ。俺は、今のお前が良い。絶対に」

身勝手な言葉だということは百も承知だ。

そのままでいた結果、美濃が何かしらの失敗をしたとしても俺は何の責任も取ることができない。

それに俺が思い付くような言葉など、美濃は他の男子からも数多く貰《もら》っているに違いない。

であれば、俺の言葉だけが特別美濃に響く道理もない。

それでも言わずにはいられなかった。

ただの自己満足。

そのことを理解して吐いた言の葉に、美濃は一瞬惚《ほう》けて、ハッとした後俺の肩を殴った。

「生意気言ってんじゃないわよ、ばか」

「いってえな」

ジンジンと痛む肩をさすって、俺は笑う。

この痛みが美濃が自分に気を許している証《あかし》だと思うと、悪い気はしなかった。

美濃と目が合う。美濃は何かを言おうと口を開いて、言葉に詰まったようにつばを飲み込む。

そして勢いよく、俺の肩に頭を預けてきた。

「おい」

数秒にも満たない時間だったが、俺の肩は一瞬で熱くなる。

どうしていいか分からずに無言を貫いていると、美濃は静かな声で言った。

「……ありがと」

美濃は表情を見せないまま俺から離れて、振り向くことなく去って行った。

俺の発言は、間違っていなかった。

これで美濃に少しでも元気が出るのなら、間違っているはずがない。

「おい、羽瀬川。部活終わったなら、早く帰れよ」

振り返ると、バスケ部の仲間が汗を拭きながら立っていた。

「おう。お疲れ」

そう返事をして、荷物がある場所へと駆ける。

背中を見えない圧で押される錯覚に襲われる。

俺の発言は間違っていない。

そのはずなのに、無性に嫌な予感が湧き出てくる。

「……くそっ」

胸騒ぎを誤魔化《ごまか》すように、俺は舌打ちした。

いつの間にか太陽は雲に隠れて、その光を閉ざしている。

驟雨《しゅうう》を予感させる空気が、不安な気持ちに拍車をかけた。

◇◆

翌日体育館に入ると、違和感にはすぐ気が付いた。

既に自主練習を始めている部員は、普段なら体育館に入ってきた仲間と大声で挨拶を交わす。

例に倣って、俺も入館と同時に「おつかれ！」と声を張ったのだが。

ボールの反響音に負けるくらいの小さな声で、「おつー」という返事がチラホラと聞こえてくるだけ。

いつもと、明らかに違っていた。

練習着に着替えてコートへ立っても、その違和感を拭い切ることはできず、集中力を欠いたままボールに触れる。

「……」

ボールを操る掌《てのひら》が寒さで悴《かじか》んでいる。

そのため、普段よりハンドリングに精彩を欠くのは仕方ないことである。

だが、今日はいつも以上に調子が悪かった。

「羽瀬川。帰った方がいいんじゃねえの」

練習開始から一時間が経《た》とうとしていた時、主将から呼び出され言われた。

「……悪い。集中できてなかった」

主将といっても、高校二年生の冬になれば同級生の役職だ。

よっぽどのことがなければそんなことを言われることはない。

大体、集中できないのは外部的要因によるところが大きかった。

パスをする際選手は俺から目を逸《そ》らすし、雑談をする時も少々笑顔がぎこちない。

周りの感情の機微に敏感な方ではないが、自分に降り掛かるものだとしたら話は別だ。

それが一人ではなく、複数人によるものなら嫌でも気付いてしまう。

「主将《キャプテン》。いつもと雰囲気違うけど、これって俺のせいか？」

何を言うか迷った挙句、俺は直球に訊《き》くことにした。

主将は名門大学への推薦を狙う模範的な同級生だ。

周りに下手なことは言わないと踏んでの質問だった。

主将は眉間に皺《しわ》を寄せた後、息を吐く。

「……分かってるなら、俺からも言いやすい」

その言葉で充分理解できた。

こういう時の勘ほど当たってほしくないものだったが、そうもいかないらしい。

主将は申し訳なさそうに顔を顰《しか》める。

「今お前と美濃が付き合ってるっていう噂《うわさ》が回っててさ。真偽は知らないけど、ほら。部員にも何人か美濃に告ったやついただろ？　あいつらが、ちょっと美濃と羽瀬川のことを悪く言っててな」

俺が口を開くと、主将は「俺は勿論《もちろん》止めたけど」と手を振り、続ける。

「他の部員が、振られたやつが何言っても情けないって煽《あお》ったんだよ。だからまあ、要するにお前の知らないところで、ちょっと小競り合いがあったわけ」

思わず軽く笑ってしまった。

大方昨日の美濃とのやり取りを、部員に見られていたのだろう。

俺が体育館に入る直前まで、俺を原因とした喧嘩《けんか》が勃発していたならこの微妙な雰囲気にも納得だ。

主将としても、今日だけは部員の頭を冷やすという意味で、俺がいない方が都合も良いという訳だ。

「散々避けてたくせに、付き合うってなった途端これかよ」

「え？　ほんとに付き合ってんの？」

「……付き合ってねーよ。言葉の綾《あや》」

そう言って、ボールを籠に放り込む。

入った代わりに、いくつかのボールが籠から溢《あふ》れた。

「じゃ、帰るわ」

俺が言うと、主将は苦笑いで応える。

「ごめんな。察しが良くて助かる。今日だけだから」

その言葉には返事をせず、俺は体育館を後にした。

高校二年生にもなって噂に踊らされて恥ずかしくないのだろうか。下級生が気を遣って普段より大人しく練習に参加している姿を思い出すと、自分が練習から追い出されたこと以上の憤りを感じる。

「……くっだらね」

本当にくだらない。

高校生にもなって、情けない。

そんな風に強気な愚痴を心の中で吐いてみて、また息を吐く。

いざこうして部活から排斥されると、思っていた以上に精神的な傷を負った自分がいた。

初めから俺が美濃に近付かなければよかった、という考えが浮かんできそうで、そんな自分が心底嫌になる。

俺は美濃と仲良くなったことを後悔はしたくない。その気持ちは紛れもなく本当だ。

たまたま美濃と仲良くなったのが俺であっただけで、他の男子でも遅かれ早かれ同じような事態になっていたかもしれない。

それならば、その役目は俺でいい。俺がいい。本気でそう思える。

だが、俺の立場が、もっと別の人だったら。例えば、榊下だったら。

榊下が美濃に振られて以来、二人の話している姿を見たことがないので無意味な仮定ではあるのだが、考えずにはいられない。

俺が榊下のようにもっと人望があれば、事態はこうならなかった。

主将も俺を練習から追いやる形を取ることはなかっただろうし、そもそも小競り合いなんて起こらなかったかもしれない。

たとえ発端が勘違いであったとしても、祝福されていたかもしれないのだ。

付き合った噂が流れたくらいで排斥されるような脆《もろ》い人間関係しか形成できなかった、俺が悪いのだ。

「あれ、羽瀬川。今日練習ないの？」

制服に着替えて渡り廊下へ出ると、目の前には美濃が立っていた。

手持ち鞄《かばん》を肩に掛けて、手にはスマホを持っている。

「今日は練習ないよ」

「大会近いんじゃなかったっけ」

「……休息も練習のうちっていうだろ」

実際練習ばかりじゃ、ケガをする確率も高くなる。

嘘《うそ》は言っていない。

美濃も特に疑う様子もなく「そう」とだけ返事をして、続けて言った。

「一緒に帰る？」

……さっきの今で、この誘い。

練習を追い出された直後に女子と帰るのは、目撃されたら厄介なことになりかねない。

それも渦中の二人だ。

今日のところは、何かの理由を付けて断るのが無難な選択だろう。

「今日は――」

「帰らない？」

胸が締め付けられる。

美濃は、何も悪いことをしていない。そして俺も、悪いことをしていない。

美濃は昨日言っていた。

自分を一番に優先するのは、とても自然なことであると——

「……俺、職員室寄ってから帰らないと」

「なに、また課題出し忘れてたの？」

「そんなところ。じゃ、またな」

「あ、うん。また」

何の用もない職員室がある方向へ、足を進める。

美濃が付いてくる様子はない。

廊下から吹く隙間風が、首筋を刺してくるのを感じた。

◇◆

「お前、美濃と付き合ってんの？」

若干棘《とげ》のある声色でそう質問されたのは、次の授業に体育を控えた休み時間のことだった。今月で何回目のことだろうか。

「……付き合ってない」

「まじ？　美濃も同じこと言ってたけどなー」

美濃にも訊いたのか、と詰め寄りたい気持ちを抑える。

勘弁してほしい。

美濃は昼休みに、いつもの中庭に来なくなった。

どこで昼食を食べているのか知らないが、俺のクラスの生徒と食べていないことは確かだ。

最初は殆《ほとん》ど信じられていなかった性格に難ありとの噂も、最近は徐々に信憑性《しんぴょうせい》を帯びていっている。

仲の良かった面々の誰かが、あの噂に賛同したのだろう。

でなければ、性格に難ありなどという低レベルの噂がここまで長持ちする道理がない。

「火のないところに煙は立たないっていうし、でもまあ二人がそう言うなら俺も追及はしないわー」

なら最初から訊くな。

立ち去っていく背中に、そう言い放ってしまいたい。

校内で美濃と話していると、誰かに見られている気がして息苦しい。

間違いなく今しがたの質問をしてくるような輩《やから》が多いせいだ。

こんな状況が続くと、美濃と話すこと自体がストレスに感じてしまいそうで怖い。

美濃が俺に近付かなくなったのは、そう思い始めた時のことだった。

「羽瀬川ー」

制服から体操服に着替える手を止める。

声を掛けてきたのは、榊下だった。

「なに？」

榊下は、クラスの中心人物。

俺は高二になってから榊下とはそこそこ良い関係を築いていた。榊下を擁する中心グループに身を置いているおかげで、美濃との噂が周知されてもクラス内で孤立せずに済んでいる。

少なくとも男子生徒が美濃に寄り付かなくなったのは榊下の一言がキッカケだというのに、俺は榊下グループという名の庇護《ひご》下に置かれている。

罪悪感は、勿論あった。

だが、自分を優先するのは自然なことなのだ。

美濃の言葉は、今の俺を支えるものになっている。

「なにって、今日お前体育委員の代理だろ。みんなより先に行かなきゃ先生に怒られっ

い。

「あ、そっか。山下《やました》今日休みだもんな」

体育委員が休むと、その代理が体育の時間を先生と一緒になって仕切らなければならな

い。

体操もみんなの前でしなければならないし、準備もある。

美濃のことを考えていたら、そのことが頭から抜け落ちてしまっていた。

「ぼーっとしてんな、そんなんじゃ美濃に嫌われんぞ」

誰かが茶化《ちゃか》すと、周りで着替えていた男子の数人がクスクスと笑った。

最近俺は、周りに避けられる美濃に唯一干渉する男子として、勇敢なやつだと周りから

囃《はや》し立てられていた。

つまり美濃は、裏ではまるで腫れ物扱いだ。

あくまで男子だけの悪ノリで、美濃本人に対して何か言うやつはいないし、女子に同じ

ようなノリを求めるやつもいない。

そのことは、美濃が女子とはいつも通り楽しそうに話して輪の中に入っていることから

分かる。

だが自己防衛にしては、やりすぎなことは明白だ。

受験勉強が始まったストレスなどが重なり、鬱憤の捌《は》け口が欲しいのかもしれない。

それでもそういったことは、友達と遊んだり、スポーツをしたり、ゲームをしたり、何か好きなことをすることで発散するべきだ。

こんなやり方は、下品極まりない話。

そう思っている生徒は、俺を含めこのクラスの中には必ずいる。

それでもこの悪ノリに目立った反論が出てこないのは、自分が巻き込まれたくないからだ。

この悪ノリを裏で批判しているやつもいるだろう。

だがそれでは意味がない。

過半数のクラス男子に認められている風向きを変えるには、クラスの中心人物に反論してもらうか、大人数が見守る中反論してその主張を周囲に認めてもらう他にない。

殆どの生徒は中心人物ではないため、残された手段は後者しかない。

失敗すれば、男子の輪から排斥されるかもしれない。

そして、そこまでしようとする肝の据わった男子生徒は、このクラスにはいない。

中心人物である榊下がこの悪ノリを止めれば流れも変わるだろうが、それも期待できない。

榊下は美濃に振られているからだ。

この悪ノリに加担することはないが、止めようとする様子もない。

「じゃ、先行くわ」

せめて誰かから放たれたウケを狙った言葉にはのらずに、教室から出る。

廊下を歩き、階段を降りる。

踊り場に出たところで、大きく息を吐いた。

教室より数倍、此処《ここ》の方が居心地いい。

「でっかい溜息《ためいき》ね」

階段から見下ろすと、美濃が一人でいた。

女子更衣室は男子が着替える教室の一階下にある。

喋《しゃべ》るのは、随分久しぶりだ。

美濃は俺を待つことなく階段を降りて行った。

俺は小走りで追いつくと、並んで歩く。

「いいの？」

「なにが？」

訊《き》き返すと、美濃は笑った。

「なんでもない。なんか久しぶりね」

「……最近あんま喋ってなかったもんな」

自分で言って、胸にグサリと何かが刺さる。

垂れてくる心の紅血に気付かないふりをする。

「そうね。またあんたが良ければ、ゲーセンにでも行きましょ」

美濃はそう言うと、小走りで俺から離れた。

「でも羽瀬川って、普段は部活あるから無理な話かもね。じゃ、女子は今日体育館だから。上手くいってるようで良かった」

俺は最後の言葉をいまいち理解することができず、ぎこちない笑みで応える。

美濃が去っていった瞬間、上から榊下たちが降りてきた。

「お前まだこんなとこいるのかよ、まじで怒られんぞ」

「……いや、そんな時間経《た》ってないって」

俺は今、どんな顔で喋っているのだろうか。

そんな考えが、更に表情を強張《こわば》らせるように思えた。

◇
◆

今日の体育は、50メートル走だった。

運動部はみんなテンションが上がった様子で、待ち時間を雑談で潰す。

体育の先生も「今日は自由の日」と言っていて、特に雑談を注意する様子はない。

普段は雑談を許容しない先生が不干渉なことからみんなのテンションは更に高くなり、順番待ちの雑談は各々盛り上がっている。

俺の隣は榊下で、これも傍《はた》からすれば盛り上がっているように見えるかもしれない。

「んで、お前が美濃と知り合ったのっていつなの？」

榊下の質問に、俺は笑いながら答える。

「知り合ったのは普通に高一だよ。仲良くなったのは高二だけど」

「あ、そっか。俺ら高一もクラス一緒だったもんな」

榊下は顔が整っていることから女子人気はかなり高い。

加えてノリの良さから男子にも支持されて、高一の五月には既にクラスの中心人物となっていた。

「俺は高一から美濃と仲良かったから、付き合いは結構あるけどな。今が十二月だから、そろぼち二年か」

榊下は靴紐《くつひも》を結びながら、少し自慢げに言う。

それが理解できなかった。

最近榊下は、美濃と話していないはずだ。

「振られてから話したのか？」

この質問をすると、榊下はムッとするかもしれない。

そう思いながら訊くと、意外にも榊下は軽く笑った。

「当たり前。確かに一回振られたけど、今はまた良い感じよ。最近は毎日ラインもしてるしな」

「え、そうなんだ」

「おう。やっぱあいつ良いやつだよな。ふつーに面白いし」

毎日ラインといえば、美濃は親しい人としかしないはずだ。

このことが本当なら、既に二人の仲は修復している。

「はは」

光明が見えたことから、思わず笑みが溢《こぼ》れる。

久しぶりに、心から笑えた気がした。

「そのこと周りに言おうぜ。なんか最近、美濃って男子と話さないだろ。榊下は知らないだろうけど、お前の一言で結構他のやつらが影響されて美濃から離れてんだよ」

悪ノリに加担している訳ではないが、そのきっかけを作ったのは榊下が「近くにいると好きになってしまうだろうから、受験期間には美濃に近付かない方がいい」という考えを周りに言ってしまったからだ。

だがきっかけが榊下なら、その榊下自身が悪ノリを否定すれば効果は大きい。

しかも榊下はクラスの中心人物。

彼がこのことを他の男子に話していけば、一気に風向きは変わる。

美濃が男子と再び話すようになるのは、時間の問題だったのだ。

——初めから、俺が心配する必要なんてなかったのか。

美濃は知らないところで、榊下と再び仲良くなっていた。

これで大丈夫だ。

安堵感《あんどかん》から肩の力が抜けていく。

「いや、周りには言わねえよ」

「は？」

反射的に聞き返してしまった。

俺の言葉で榊下は悪ノリの発端となったことを自覚しただろうから、快諾してくれることを確信していた。

それなのに迷うことなく拒んだことへ、理解が追い付かなかった。

「恥ずかしいだろ、普通に」

──確かに、榊下の立場からしてみればそう思ってもおかしくないことだった。

振られた相手と、毎日ラインをしているのだ。

高二男子なら、羞恥心を持ってある意味当然のことだ。

だが、俺が今美濃のためにできることは、これしかない。

「……頼む。ほんと、頼むわ。ラインしてたら、今の美濃が苦しい思いしてることくらい分かるだろ。あいつはそういうこと言葉にはしないけど──」

美濃は、一切弱音を言わなかった。

それは強さでもあり、同時に誰かに頼ることができないという弱さでもある。

だが、榊下ならば、頼りになる存在だ。

美濃も相手が榊下なら、もしかしたら頼れるかもしれないのだ。

「分かんないよ。美濃って、そういう踏み込んだ話、俺にはしてこないから」

榊下の声色に、僅かに憎しみの色を感じ取る。

俺は耳を疑った。

「羽瀬川は美濃と色んな話したから、美濃の気待ち分かるんだろうな。もう一回言うけど、俺は分かんねえよ」

榊下は冷ややかな笑みを浮かべて、続けて言った。

「こういう状況を作れば美濃ともっと踏み込んだ話ができると思ってたけど、相変わらず壁がある」


——こういう状況を作れば、と言ったか？


「どういう意味だ？」

瞼《まぶた》がピクピクと震えるのを感じる。

込み上げてくる何かを堪《こら》えるのに必死で、声は少し硬かった。

「ここだけの話な。羽瀬川は信用できるから言うけど、美濃を孤立させたの俺なんだ」

それは知っている。その遠因となったのが榊下だったというのは分かっていた。

だが、俺は。

「自覚なかった、と思ってたんだけど」

自覚が無いからこそ、悪ノリには加担しない。

悪ノリを止めることもしない。

俺は、そう思っていた。

「自覚？　あるに決まってんじゃん。計算してんだよ、俺」

「計算？」

馬鹿みたいにおうむ返しをする。

「そそ。周りから急に人がいなくなったらさ、やっぱ絶対傷付くじゃんか。俺美濃には一回振られてるからさ、もう一回告白できる状況に持っていくにはやっぱそういう状況下で優しくするのが効果的かなって」

つまり、なんだ。

美濃があんな顔をするようになったのは。

「元々美濃に振られたやつが沢山いたからか、思ってたより効果出ちゃってびっくりしたけどな。まさか他の男子があんな悪ノリも作ってくれるとは」

美濃は、弱みを言わない。

だが、一度だけ。

俺の肩に頭を預けてきた、驟雨《しゅうう》の日。

——ありがと。

あれが、ＳＯＳのサイン。

あの時美濃は、振り向かなかった。表情を見せなかった。

今思えば、あいつは。

「そんで久しぶりにラインしたら、いつもよりすげえ元気な返事きてさ。こりゃキタなって思ったんだけど」

限界だった。

「クソ野郎！！！！！」

飛び掛かり、全体重を乗せて拳を振り下ろす。屈《かが》んでいた榊下の顔面に直撃し、倒れ込んだ榊下に馬乗りになってもう一度拳を掲げる。

異変に気付いた体育の先生が何かを叫ぶ。

榊下の目にも驚きの色が、そして一瞬で怒りの色に切り替わる。

「この——」

榊下が身体《からだ》を捻《ひね》り、馬乗りから逃れようと俺の鳩尾《みぞおち》を強打する。

掲げた拳から力が逃げる。

だが、それがなんだ。こんな痛み、あいつに比べたら。

今度は両手で榊下の顔を固定し、ど真ん中に頭突きを食らわす。

反撃しようとする榊下の動きが鈍くなると、一発、二発と拳を振り下ろす。

三発目を食らわそうと両手を掲げると、横から強い衝撃があり、俺は地面に吹き飛んだ。

「何やってんだお前、落ち着け！」

榊下グループの一人が、俺にタックルをしてきたのだ。

何も知らないのに、なんで邪魔をする。

興奮状態の頭でも、その答えは簡単に出てくる。

榊下が、俺より人望があるからだ。

周りから見れば、俺が突然榊下を殴り付けたように見えたのかもしれない。

俺は跳ねるように飛び起きて、再び榊下へ摑《つか》み掛かろうと両手を伸ばす。

だが今度は身体を後ろから引っ張られ、誰かにがっちりと羽交い締めにされる。

そして先生が割り込んできて、俺は何もできなくなった。

——俺は美濃に何もしてやれなかった。

脳裏に純粋に楽しかった、夏頃の情景がフラッシュバックする。

爛々《らんらん》と輝く太陽の光から逃れられる、中庭のベンチ。

そこでは、美濃が笑っている。みんな笑っている。

俺も、そして榊下も。

どうしたら良かったのか、俺には分からない。

どうすればあの日常を守れたのか、きっとこれから暫《しばら》くの間考え続けることになるだろう。

だが、今分かることがたった一つ。

俺も、美濃から逃げていた。

会話も少ない。近付こうともしない。美濃が話しかけてきても、無意識に会話を短めに切り上げる。

周りの視線が気になるからという、自己保身のために。

俺も、同じだ。

このクソ野郎たちと、同じだ。

目頭に熱いものが込み上げてきて、俺は歯を食いしばった。

◇◆

騒動があった翌日の夕方。

俺は学校から一日の謹慎の処分を下され、自宅のベッドでうつ伏せになっていた。

一部の先生からは停学の方がいいんじゃないかという声も上がったようだが、体育の先生がその声を抑えたらしい。

担任からは「授業中じゃなかったらバレなかったのにな」というありがたい言葉も貰《もら》った。

周りから見れば、いきなり俺が榊下に摑《つか》みかかったように思えただろう。

事実先に手を出したのは俺なので、謹慎という処分にも納得している。

「停学じゃなかっただけマシね。しかも、たった一日だなんて」

美濃がコーヒーを俺の枕元に置いた。

「……あざす」

「いいえ。謹慎のお詫《わ》びよ」

「それにしては安いな」

「文句言わないの」

美濃はクスリと笑って、学習机の椅子に腰を下ろした。

謹慎処分はたった一日。

病気に罹《かか》ったわけでもないのに、放課後美濃が自宅を訪ねてきた理由は、想像できる。

「……ねえ、羽瀬川」

「ごめんな」

「え？」

「殴っても、何も変わんないのにさ」

美濃は、俺が何故《なぜ》榊下と喧嘩《けんか》したのかは知らないはずだ。理由はあの場にいた男子も知らない。

榊下は周りから質問責めに遭っている時「色々あった」としか答えなかった。

そればかりか、「俺が煽《あお》ったから」と先生に自ら言いに行ったようで、俺の処分が軽いのはどうやらその影響もあるらしい。

榊下ならあの状況の責任を全て俺に押し付けることもできただろうにそうしなかったのは、最後の良心がまだ残っていたのかもしれない。

だから、美濃は俺と榊下が殴り合いをしたという事実を後から聞かされただけだ。

それでも大方の察しが付いたからこそ、俺の家を訪ねてきたのだろう。

美濃の声は、既に謝罪の色を帯びていた。

だが、美濃に謝らせてはならない。

美濃は何も悪いことをしてないのだから、謝罪をする道理はないのだ。

「……優しいのね」

「違うよ」

「じゃあなに？」

「意地」

「なにそれ、変なの」

美濃は眉を八の字にして、困ったように笑う。

初めて見る表情だった。

「じゃあ、ありがと」

「それならいいな。素直に受け取れる」

「お礼も受け取れない捻《ひね》くれ者に育てた覚えはないからね」

「母さんかお前は」

「あはは」

久しぶりの、二人の会話。

謹慎中にする会話じゃないな、とまたおかしくなってしまう。

「すぐ笑わせないでよね、相変わらずなんだから」

「お前の琴線に触れるの上手《うま》いからな、俺」

「はいはい、たまたまでしょ。別に誇ることじゃないわ」

美濃はそう言って、自分の鞄《かばん》から缶ジュースを取り出す。

喉を潤す美濃を暫く眺めてから、俺はベッドから起き上がった。

「なあ、美濃」

「ん？」

「謝るのは、俺の方だろ。優しいのは、お前だろ」

——そうだ。

俺は短期間とはいえ、美濃から離れた。

近しい人が離れる度に、美濃がどんな表情をしていたか俺は知っていたはずなのに。

榊下を殴ったのだって、自分勝手な衝動に身を任せた結果だ。

殴ったところで事態が解決するわけでもない。

それなのに、美濃はいつも通りに接してくれるどころか、自分から謝ろうとした。

俺に気を遣わせないために。

「お前、榊下とラインしてたんだってな」

「え？」

「ラインだよ。毎日してるって、榊下言ってたぞ」

本当に二人の仲が修復した結果のラインなら、俺も祝福できる。

榊下は、今は元通りだと思っているかもしれない。

だが恐らく美濃は、そう思っていない。

「……そうね。してるわよ、今も」

「それ、俺のためか？」

自惚《うぬぼ》れだったら、俺が恥ずかしい思いをするだけだ。

だが、もし本当に俺のためだったら。

俺は美濃に、返しきれない程の借りができてしまう。

だが美濃は何度か瞬《まばた》きをした後、「違うわ」と言った。

「私のためよ。お察しの通り、榊下としてるラインの内容は本心ではないけれど」

「……じゃあ、結果的に俺は救われていたわけか」

美濃と最後まで近しい距離にいた俺は、恐らく榊下から妬みを買っていたことだろう。

あの体育の時間に聞いた榊下の声色が物語っている。

それなのに、何故俺はずっと榊下のグループにいることができたのか。

謹慎となって学校に登校できなくなった今日、昼間中ずっと考えていた。

喧嘩をしている最中の榊下の形相は、憎む相手を見るものだった。勿論《もちろん》喧嘩なのだから、表情が歪《ゆが》むのは当然だ。

だが俺には、以前から溜《た》まっていたものが溢《あふ》れ出したような表情に思えてならなかった。

そんな状況下で俺は、ずっと榊下の隣にいた。

排斥されずに済んでいたのだ。俺を除《の》け者にすることなど、榊下にとったら造作もないことだろうに。

そこで出た結論が、榊下が美濃と再び良い関係を築けている中俺を除け者にすれば、またその関係が壊れてしまうことを恐れたからというものだ。

考え方、やり方まで歪んでいた榊下だが、美濃への気持ちは本物だった。

そうであるならば、再構築してきた美濃との関係を保ちたいと思うのは必然。

俺は美濃という存在に護《まも》られていたのだ。

「……私、反省してるの」

「何を?」

「これが私、これが私って、意地張って。結果的に自分も、そしてあんたも苦しめてた」

美濃は俯《うつむ》き、息を吐く。

そして次に顔を上げた時には、美濃の瞳には決意の光が輝いていた。

「だから、私は変わる。何をどう変えるかなんて、正直まだ、全然分からないけど――あんたに迷惑かけるなら、私は〝私〟を捨てるわ」

榊下に愛想の良いラインをしているのは、その一環ということか。

――やっぱり俺のためじゃないか。

美濃は、自分を捨てると言った。

以前は、美濃に今の在り方を損なってほしくないと思っていた。

俺では叶《かな》わない、誰に対しても態度を変えない、真《ま》っ直《す》ぐな意見を伝えるという在り方を、美濃にこれからもずっと保ってほしいと、勝手な願いさえ抱いていた。

だがこの帰結は、美濃彩華自身の出した答えに他ならない。

自分一人で考え抜き、自分一人でこれから変わると決心した。

周りから見て、これからの美濃彩華がどう変わっていくのかは、まだ分からない。

だが、これからの美濃彩華がどう変わっていこうとも。

――俺は美濃の決断の理由を知っている。

その過程は、笑ってしまう程に美濃らしいものだった。

これからどう変わろうとも、基盤は変わっていないのだ。

〝美濃彩華〟は、何一つ変わらない。

芯は、確かに存在している。

どこまでも美濃らしい在り方が、俺には依然として輝いて見えた。

「でも、それでまた失敗して、仮に同じような状況になったら、今度こそ私のことは放っておいていいからね。言ったでしょ、自分を優先することは自然なことだって」

美濃の在り方は変わらない。

そうであるならば、俺の取る行動はもう決まっていた。

「自分より優先できる存在が、友達だろ」

今度はもう、失敗しない。

同じ環境に身を置く限り、俺は、俺だけは美濃に寄り添う。

美濃は俺の言葉を聞いて、また惚《ほう》けたような表情を浮かべる。

俺が言った意味を、考えている。

「分かりやすく言うとな」

一度息を吸い、次の言葉が美濃の心に伝わるように、力強い口調で言い放つ。

「同じ状況になったら、次こそ放っておかない。完璧に助ける。友達だからな」

美濃は目を見開いた。

「そうだろ」

「友達って、そういうものなの？」

「じゃあ、あんたはみんなが同じ状況になったら、みんな助ける？」

「……ぶっちゃけ、それは無理」

「私だからってこと？」

「そうだな」

「どうして？」

「もっと、仲良くなりたいからかな。ただの友達よりも、一歩深い関係」

友達という垣根を越えた先の景色を、一緒に見てみたいと思うこと。

関係を深めるための切符なんて、きっとその想《おも》いだけで充分だ。

「……そう、ね。それって、親友ってやつ？」

「かもな。名称なんて、何でもいいけど」

別に、誰かに「私たちは親友です」と触れ回るわけでもない。

親友なんてものは恋人と違い、傍《はた》からだと見分けもつきにくい関係なのだ。

だからこそ、友達以上というのが本人同士の共通認識にあるならば、それでいい。

美濃はちょっと黙ってから、笑った。

その表情は、とても清々《すがすが》しいものだった。

「それもそうね。——じゃあ、これあげる」

美濃はポケットから小さな何かを取り出し、俺に渡す。

「なにこれ」

「キーホルダー。一応、お礼」

雪豹《ゆきひょう》を模した、ご当地キャラクターのようなデザインだ。

「……かわいいな」

俺が言うと、美濃は口角を上げた。

「それじゃあ、よろしく。またトラブルあったら、遠慮なく巻き込むから」

「いや、その宣言はちょっと怖《こえ》えよ」

「なによ。もう友達以上なんでしょ、私たち」

そう言うと美濃は椅子から勢いよく降りて、鞄を乱暴に肩に掛けた。

「じゃ、私行くわ。また明日ね」

「おう。またな、美濃」

俺が言うと、美濃はドアノブにかけていた手を一旦下ろした。

「……彩華でいいわ」

「へ？」

「二人の時は、〝彩華〟でいい。高校にいる間、みんなの前では苗字《みようじ》呼びでいてほしいけど」

振り返った美濃の頬《ほお》は、若干赤みを帯びていた。

「まあ、やっぱどっちでもいいわ。……じゃーね。漫画ばっか読んでたら駄目よ。あと、今日の授業分の勉強は、しっかりとしておくように！」

「母さんか！」

俺がまたつっこむと、美濃は笑いながら出て行った。

「……次に会ったら、呼ぶか」

少し緊張してしまうかもしれないが。

名前呼びに慣れてくる頃には、俺たちはどういう関係になっているのだろう。

少なくとも今の関係とは、違うものになっているはずだ。

二人の未来に想いを馳《は》せ、俺はベッドへダイブした。

第9話　二人の関係

目が醒《さ》めると、目と鼻の先にはお茶の入った湯飲みが置いてあった。

先程立ち昇っていた湯気はすっかり消え去っている。

茶柱は小さな湯飲みの縁にくっ付いていて、これでは立つ立たないどころの話ではない。

はっきりとしない意識の中、のろのろとお茶を飲んで覚醒を促す。

いつの間に寝ていたのかは分からないが、長い夢を見ていた気がする。

直前まで高校時代のことを想起していたせいか、随分鮮明な夢だった。

——そうだ。

俺とあいつは、友達で、親友。

人間関係の何処《どこ》かに一旦の区切りを作るとするのなら、あいつとはキリのいい距離感を保っていると言える。

親友という関係が、発展途上なのか、それとも終着点なのか。

俺とあいつの関係は、随分前から変わっていない。

「……それが、いいんだろ」

変わらないから、いいものもある。

あいつとの関係が、その典型例だと思う。

無理に変えようとした男は沢山いた。だから、ああなった。

一度崩れた堤防を修復するのは至難だということを、今の俺は嫌というほど知っている。

息を吐いて、もう一度お茶を仰ぐように飲む。

お茶はすっかり冷めていて、茶柱が口の中にへばり付く感覚に顔を顰《しか》めた。

「何がいいの？」

「ブッ」

茶柱がテーブルに飛んでいく。

耳元で囁《ささや》いた声の主は、驚いた声色で言った。

「ちょっと、吹くな！」

「い、今のは美濃《みの》が悪いだろ！　人の寝起きに話しかけやがって！」

誰だって、気配に気付かない状況で接近されると驚く。

それも寝起きで、声は耳元からしたのだ。

茶柱を吹くのも仕方ないというものだ。

「あんた、どうしたの？」

「へ？　何が」

何のことか分からず、訊《き》き返す。

「いや、あんたに苗字で呼ばれたの久しぶりすぎて」

「ああ……いや、つい癖で」

「一体いつの癖よ、それ」

彩華《あやか》は頬を緩ませて、クスクスと笑う。

時折見せる優しい表情は、高校の時から変わっていない。

不思議と鮮明に覚えている、高校時代の夢。

あの時の美濃彩華と、今の美濃彩華。

高校時代の友達なら、今の彩華が少なくとも高二までの彼女とは変わったと思うに違いない。

俺自身、彩華の何処が変わったのか、最近まであまり考えることはしなかった。

何処かが変わっていたとしても、彩華の俺に対する振る舞いは何一つ変わっていなかったから、気になることもなかった。

だが過去の記憶が鮮明になった今、答えは分かり切ったことのように思える。

以前に「なんでこんなにみんなと仲良くするんだ」と訊いたことがあった。

好きでもない友達と仲良くしている姿に疑問を持ってのことだ。

高校二年生の頃の彩華に対しては、絶対にしないような質問。

つまりこの質問が俺の口をついて出てきた時点で、彩華の変わった点は明白だった。

——他人を常に意識し、世渡りを円滑に進めるということ。

彩華が変わったのは、その一点。

彩華のサークルにて開催された、テストお疲れ飲み会。

努力したのだろうとは察していたが。

全ては、変わるため。

かつての強い意志が、今の彩華を形成している。

「……いや、もう一つ変わったところもあるか」

「いきなりなによ？」

彩華は眉を八の字にして、口角を上げる。

「綺麗《きれい》になった」

「——はい⁉」

彼女の容姿は、高校時代のそれに比べて、やはりレベルが上がった。元々美人だったが、今は過去の容姿を超えている。

それは大人びたおかげか、それとも優しい表情が増えたおかげか、スタイルに磨きがかかったおかげかは分からない。

だが俺の目には、今の彩華が眩《まばゆ》いほどに輝いて映るのだ。

「な、なにあんたこの前から。口説いてんの？」

彩華の言葉に、俺は瞬時に首を振った。

「ばか、違《ちげ》えよ。んなわけねえだろ」

互いに見えない境界線が、他人との間には確かに存在している。

それは、たとえ親が相手であっても同じこと。

その境界線が何処に引かれているのかを推し量ることが、人間関係を築くことに必須の力。

俺と彩華の間に引かれた境界線は、高校の時から変わっていない。変わっては、いけない。

だが、それでも。

「なによ。そんなすぐに否定されたら、それはそれでムカつくんだけど」

時折見せる、むくれるような表情を見てしまう度に思うのだ。

今まで変な気が起こらなかったのは、奇跡に近いものがあると。

◇◆

一人で入る温泉は、まさに極楽だった。

だだっ広い露天風呂に一人だというのは、最初こそ気が滅入《めい》るのではと心配したのだが、それも杞憂《きゆう》。

生気が抜けていくような溜息《ためいき》だって、誰かに聞かれる心配もない。

お湯に浮かぶ檜桶《ひのきおけ》にタオルを置いて、俺は暫《しばら》く空を見上げる。

時間に縛られない入浴というのは、かくも気持ち良いものなのか。

自宅のお風呂には浴室リモコンが付いており、常に時間を表示している。

浴室の中でも時間が分かる便利な機能ではあるのだが、たまにはこうしてのんびり入浴するのも悪くない。

だが、そんな夢か現《うつつ》かも分からない極楽浄土は長く続かない。

「逆上《のぼ》せる……」

十五分もすれば、身体《からだ》が火照って仕方がない。

結局温泉を楽しんだのは三十分程度で、まだまだ満喫するには修行が足りないと実感する。

脱衣所に出ると暖房が効いていて、身の縮むような感覚もなく快適に着替えることができた。

細かいところまで気遣いが行き届いているのが、旅館の良いところだ。

階段を上がって部屋へ戻ると、彩華が体幹トレーニングをしているのが視界に入った。

「……何やってんだお前」

「──はっ、あんた、なんてタイミングで戻って……！」

最後まで言い切ることなく、彩華は崩れ落ちる。

肩で息をしており、かなり長い間きつい体勢を維持していたらしい。

若干浴衣がはだけている彩華を見下ろして、口を開く。

「んな汗かくトレーニング、温泉に入る前にやっとけって。せっかく入ったのに」

彩華の首には汗が浮かび上がっており、開いた胸元へと伝っていく。

それが何とも扇情的で、俺は目を逸《そ》らした。

彩華は震える手で起き上がり、「はぁ──……」と長く長く息を吐いた。

「つっかれた……てかあんた、戻ってくるの早すぎでしょ……」

「なんでトレーニングなんてしてんだよ。サークルで運動会でもあんの？」

規模の大きなサークルだと、競技場を貸し切って運動会をすることもある。

彩華の所属するアウトドアサークルなら、運動会があってもおかしくない。

だが、彩華は首を振った。

「違うわよ、ただの日課」

そう言って、彩華はゆっくりと起き上がる。

ようやくはだけた浴衣に気付いたらしく、頬《ほお》を赤らめて襟を直す。

「言ってよね、変態」

「へ、変態じゃねえよ。お前も鼻毛出てる人に指摘とかしにくいだろ」

「どんな例えしてんの？　ぶん殴られたいの？」

彩華は拳を震わせながら、眉間に皺《しわ》を寄せる。

貼り付いた笑顔が、逆に恐怖を駆り立てる。

「いや、その。言葉の綾《あや》だって。彩華だけに」

自分でも驚くほどセンスのないギャグに、彩華は眉をピクリと動かしただけで返事はしなかった。

数ある反応の中で無言が一番辛《つら》い。

「……流れかけたけど、体幹が日課って。なんのために？」

沈黙に耐え切れず、話を変える。

彩華は湯飲みにお茶を注ごうとする手を止めた。

「なによ、そんなに興味あるの？」

彩華が体幹トレーニングをする理由に、興味があるかと問われたならば。

「いや、別にないけどさ」

「じゃあ答えないわよバカ」

「ごめんめっちゃ興味ある」

「それはそれでキモいんだけど……」

彩華は呆《あき》れた声で言いながら、一度お茶を飲む。

運動の後に飲む熱いお茶はあまり美味《おい》しいものではないだろうと眺めていると、案の定
彩華は一口で湯飲みをテーブルに置いた。

「あんた、私の身体見てどう思う？」

「ナイスバディ」

冗談で言うと、彩華は頷《うなず》いた。

頷くのかよと一度つっこみを入れたかったが、また話が逸れそうなのでグッと堪《こら》える。

まあ実際、スタイルは良いと思う。

「世間の女子がね、何の努力もなしにこういう体型を維持してると思ったら大間違いよ。みんな裏ではこうして鍛えてんの」

「鍛えなかったらどうなんの？」

俺の素朴な疑問に、彩華は一度黙って、それから答えた。

「垂れる」

……予想の斜め上の回答だ。

「何が？」

再度訊くと、彩華は先程より長く黙った後、言った。

「……それ言わせるつもり？」

「酔ってるからな」

「シラフでしょ、ほんとバカじゃないの。……まあいいけど」

どんな思考回路で許されたのかは分からないが、ひとまず助かった。

だだっ広い露天風呂に一人で入浴していた開放感が続いているのか、いつもより口が滑る。

「大胸筋を鍛えればね、胸が垂れないの。大きかったら、それだけかかる重力も大きいからね」

「……何言ってんの？」

「あ、あんたが言わせたんでしょーが！」

彩華は顔を赤らめ、大きな声で言った。

初めて一つ屋根の下に泊まろうとしているせいか、新しい彩華の一面が垣間見《かいまみ》えている。

高校時代からの長い付き合いなのに、まだ初めての一面があるということに、無性に嬉《うれ》しくなってしまう。

いつもならしないようなくだらない会話も、きっとそういう気持ちがあるせいだ。

だがこの気持ちが俺の一方通行になった時、場は冷めてしまう。

ここらが頃合いだと、俺は時計に視線を投げた。

「鍛えてる人と鍛えてない人、全然違うわよ」

「へえ、そうなんだ」

時刻は十九時。

良い時間だ。

「そろそろご飯来るかな？」

俺が言った瞬間、「失礼致します」と襖《ふすま》が開いた。

定刻となり、仲居さんが料理を持ってきてくれたのだ。

「あら、もうそんな時間なんだ」

彩華はテーブルの上にあるお茶を退《ど》けて、仲居さんが大皿料理を置きやすいように配慮する。

事前に部屋食を希望していた理由としては、彩華がご飯を食べるのは二人でいられる所が良いと言ったから。

それに俺も迷わず賛同したのは別に他意はなく、見知らぬ人が周りにいない方が気を遣わないからだ。

テーブルに全ての皿が並ぶと、壮観な眺めが広がっていた。

見事な大海老《おおえび》に、刺身にお鍋。

一目で分かる高級感に、俺も彩華もそわそわしてしまう。仲居さんが部屋から出て行くと、俺たちは盃《さかずき》へ日本酒を注ぐ。

盃といっても古風な造形ではなく、若者でも喜びそうなグラスとなっている。

日本酒を注いだ盃を彩華に渡し、軽く掲げた。

彩華は俺の言葉を待って、口角を上げる。

「じゃ、今日はお疲れ」

旅行先で感じる疲れなんて、普段抱く疲れと比べれば心地いいものだ。

それなのにお疲れなんて言葉が口をついて出たのは、単にいつもの癖だからだ。

大学生になってから、お疲れと言う機会はやたらと増えた。

学生にまでこんな挨拶が浸透しているなんて、日本人は全体的に疲れすぎだ。

彩華は頷いて、短く「お疲れ」と返し、日本酒を飲む。

サークル飲みでの彩華の乾杯挨拶に比べたら、あまりに素っ気ない返事。

傍《はた》から見たら、相手にもされていない対応のように思われるのだろう。

だが、そんなことを思う人たちは。

「ふふ、おいし」

彩華は、にへら、と表情を崩す。

――この顔を、見たことがないに違いない。

ヒヤッとした口当たりの良い味わいが、口の中に広がっていく。

「だな。さいこー」

「いえい」

もう一度乾杯して、盃を口元に運ぶ。

たったそれだけの動作なのに、酒は不思議と先程より美味《おい》しく感じた。

◇◆

「いやあ、私たちも長い付き合いになってきたわよね」

彩華はそう言いながら、最後の刺身を俺の小皿によそってくれた。

俺はお礼を言って受け取り、サーモンを咀嚼《そしゃく》する。

何歳になってもサーモンは美味《うま》い。これからも美味しく食べ続けられたらいいなと思う。

「聞いてる？」

「聞いてるよ。何年くらいになるかなって計算してた」

彩華と知り合ったのは、高校一年生。仲良くなったのは、高校二年生。

今が大学三年生前の春休みだから、四、五年の付き合いとなる計算だ。

「お前って、俺との仲いつから計算してる？　高一？　高二？」

彩華はほんのりと紅潮した頰に指を当て、思案する仕草を見せる。

「ん、高一かな。確かに高一の頃はあまり話してなかったけど、仲良くなった理由には高一からクラスが一緒っていうこともあると思うし」

初めて自分から話しかけた、春の日の教室を想起する。

「確かにな。俺も一年間クラスが一緒だったっていう事実がなけりゃ、お前に話しかけられなかったわ」

俺の言葉に、彩華は苦笑いした。

「なんでよ、話しかけてよ」

「いやいや、無理だって。俺そんなに冒険できないし」

「あはは、確かにね。今思い返せば、色々タイミングが良かったのかな。私たち」

物憂げな表情で、一人で窓の外を眺める姿。

あの表情が愉《たの》しげなものであれば、もしかしたら話しかけることはなかったかもしれない。

そう考えると、俺と彩華が今の仲になれたのは巡り合わせとしか思えない。

「どちらにしても、もうそろそろ片手じゃ数えられないくらいの年数にはなるか」

長いような、この仲にしては短いような。

どこか感慨深い気持ちになりながら、俺は空になった彩華の盃に日本酒を注ぐ。

「そうね。早かったわ」

彩華も俺の盃にある日本酒が半分以下になっているのを確認すると、八分目まで注いでくれた。

「さんきゅ」

「うん。高校の時なら、多分こんなことしてあげてなかったし」

「そうか？」

「そうよ。知ってるでしょ、私の高校時代」

知ってるも何も、先程鮮明に思い出したばかりだ。

今のように他人を気遣う行動は二の次で、自分を曲げないことを何よりも優先していた高校時代。

そのためみんなの憧れとなり、裏返った感情に翻弄された。

「変われたかな」

彩華は静かに呟《つぶや》く。

——本当に彩華は凄《すご》いやつだ。

より社会に適応しやすい外面で、美濃彩華という芯を覆っている。

変わろうと決心したとして、短期間でここまで変われる人間が一体世の中にどのくらいいるのか。

何一つ変わらない芯と、新たに形成された一面。

それでも仲の良い人にだけ見せる明け透けな態度が、彩華を彩華たらしめる魅力の一つ。

「変わったけど、変わってないな」

「何よそれ、どっちなの」

「どっちもって意味だよ。もうなんか、お前はすっかり大人だなって」

世の中、割り切りも大事なことだと思う。

自分の芯が擦り切れるまで割り切ってしまうのは哀《かな》しいことだが、割り切らないと乗り越えられない壁は、生きていればきっと何処《どこ》かに聳《そび》え立つ。

乗り越える手段として世間体に合致した振る舞いをするというのは、とても有効な手段であるとともに、実行するのが難しいと思う。

「根性があれば何とかなるわ」

「なんでそこで体育会精神が出てくるんだよ」

「あはは、それもそうね」

彩華はあっけらかんと笑い、最後の日本酒を飲み切った。

そして、すっくと立ち上がった。

「さ、確認作業に入りましょうか」

「へ？」

間抜けな声を出す。

彩華は近付いてきて、膝を崩して横に座り、俺の太ももの上に手を置いた。

「──確かめていい？」

「な、何を？」

いつもとは違う妖艶な雰囲気に、俺は思わず身体《からだ》を引く。

すると、首根っこに腕を回されて捕まえられる。

「ねえ。あんた、私に惚《ほ》れてたりする？」

「──は⁉」

俺は至近距離にもかかわらず大きな声を出してしまう。

まずいことを問われた訳ではないのに、なぜか胸の鼓動が激しくなる。

こんな質問、いつもなら軽くあしらって終わりだ。

いつものように軽口で返せば終わりになるはずなのに、今の状況がそれを否定する。

いつもは、周りに人がいる。

いつもは、二人で一つ屋根の下に泊まろうなんて状況にはならない。

今から起こることを想像しようとするも、形にならないまま霧散した。

それ程の混乱が脳内を支配する中、彩華は更に言葉を続ける。

「私って、あんた以上に仲良い異性がいないからさ。時々あんたとの距離感が分からなくなる時があるの」

彩華の胸元は、何らかの衝撃でか再び露《あら》わになっている。

今見てしまうと、駄目だ。

どうあがいても、この距離じゃ視線でばれてしまう。

俺は視線を無理矢理《むりやり》天井にまで上げて、自分の欲望を殺す。

「見てもいいのよ？」

「ど、どういう——」

「そのままの意味。別にあんたになら、見られてもいいって思ってる」

彩華の甘言に、思わず喉が鳴る。

先程から何を言っているんだ、こいつは。

俺と彩華の間に引かれていた境界線が、いつの間にか霞《かす》んで見える。

この一線を越えることを、俺は否定し続けていた。

越えてはならない。

越えては、崩れてしまうと。

そう思い続けていると、いつの間にか彩華を女性として見る頻度は少なくなっていた。

だが温泉へ二人で赴けば、自らの意志一つでしか間引くことのできない境界線に変動が起こるのは自明だ。
浴衣姿の美人が目の前にいて、いくら、いくら親友であっても。
――何も感じるななんて、無理がある。
彩華は何も喋《しゃべ》らない。
本当に、俺が見るのを、待っているのか。
天井から、ゆっくりと視線を下ろす。
彩華の顔を見る勇気はない。
視界に彩華の顔が入る寸前に瞼《まぶた》を閉じて、首元まで来たであろうところで開く。
ここから視線を下げれば、俺と彩華の関係は、恐らく変わる。
それが吉と出るのか、凶と出るのか。
俺は――
彩華の屈託のない笑顔が、脳裏を過《よぎ》った。
そこで初めて、吉と出るのか、凶と出るのかという考えに疑問が浮かんだ。
いつから俺は、彩華との関係を。
つまらない運に委ねるほど、軽く見てしまうようになったんだ。
唇をギュッと噛《か》んで、無理矢理視線を上げると、彩華の瞳の中に自分を見つけた。

「——なんで見なかったの？」

「……お前が、大事だから」

俺が言うと、彩華は目を見開いた。

かつてその表情は、一度だけ見たことがあった。

「そう。……バカね。こんなチャンス、二度とないんだから」

彩華はそう言って、はだけた胸元を隠した。

「……そうかもな」

だが、彩華との関係と天秤《てんびん》にかけて釣り合うチャンスなんて、今後もないと思う。

一番に今の関係を優先するならば、初めから答えは決まっていたのだ。

彩華は暫《しばら》く俺を見つめると、口元を緩めた。

「確認作業、終了ね。よくできました」

ふわりと、優しく頭を撫《な》でられる。

包み込まれるような母性の感覚に、俺は動くことができなかった。

「なんでこんなこと、いきなり？　って思ったでしょ」

彩華は俺から離れると、向かいの席に戻った。

僅かに伝わってきた体温が、まだ残っている。

「……思ってるけど、それが分かっててなんで今みたいな——」

「最初に言ったけどね。あんたが私に惚れてるか、確かめたかったの」

「だから、なんで今更」

俺が問うと、彩華は暫《しば》し言葉に窮する様子を見せたが、やがて口を開いた。

「あんたさ、浮気されたじゃんか」

「……うん、まあ。それがなんだよ」

予想外の方向から投擲《とうてき》された言葉に、俺は顔を顰《しか》める。

そしてその投擲の後に発せられたのは、またしても予想外の言葉だった。

「あれ、私のせいかなって」

「は？　なんで」

「バレンタインパーティの時、思ったの。礼奈《れいな》さん、私と殆《ほとん》ど会ったことがないのに、私のこと知りすぎてるって」

思い返すと、確かにバレンタインパーティの際の礼奈には不自然な点があった。

あれは二回しか会ったことのない人に向ける視線ではなかったと思う。

「……ま、あんたが私に惚れていなかったのなら、いいわ」

彩華は一人でそう結論づけると、テーブルに広がった皿を一箇所に集め始めた。

仲居さんが片しやすいようにだろう。

「私のせいであんたが浮気されたのだとしたら、沢山謝らなきゃって思ってたんだけどね」

「……そんな罪悪感のために、今日、ここへ来たのか？」

俺が問うと、彩華はチラリとこちらを見上げた。

「そんなわけないでしょ。単純に、あんたと来たかったからよ」

彩華は腰に手を当てて、身体を伸ばした。

「ご存知《ぞんじ》の通り、私はお人好《ひとよ》しじゃないからね。周りにどう思われているかは、さておき」

「努力の成果だな」

俺がからかうと、彩華は悪戯《いたずら》っぽい笑みを浮かべる。

「そうね。まあこういう旅行は、さすがに自分が一緒にいたいって思えるような人とじゃないと嫌だから。つまり、そういうことよ。私にとって、あんたって存在は」

「あれ、今俺口説かれてる？」

「あっはは、確かに今のは口説き文句に聞こえるかも！」

彩華は声を上げて笑ってから、頬杖《ほおづえ》をついて言った。

「でもね、さっきの確認作業。私はどっちに転んでもいいと思ってたわよ？」

「……本気か？」

「ふふ、ばーか。思っただけですよー」

俺がつっこみを入れようとすると、仲居さんが挨拶をしながら襖《ふすま》を開ける。

今宵《こよい》の二人の宴会を終わらせる合図だ。

引き上げられていく皿を見つめている間、俺と彩華は意味もなく笑い合っていた。

仲居さんも釣られたようにクスクスと笑って、「仲睦《むつ》まじいですねぇ」と言い残し、部屋から出て行く。

「カップルじゃないのにね」

「まあ客観的に見たらそう思うだろうからな」

こんな関係、世間の人からしたら間違っているように映るだろう。

だが、人間関係に間違いなんて一つだってない。

人の数だけ、その関係もまた異なるのは道理。

無理に型に嵌《はま》る必要など、どこにもないのだ。

本人たちが、その関係を気に入ってるのであれば。

他人に、迷惑を掛けないのであれば。

「じゃ、私もう一回お風呂行ってくるわ。汗掻《か》いちゃったしね」

「体幹トレーニングなんかするからだろ。まあ、汗掻いた後に入る温泉は気持ち良さそうだけどな」

「でしょ？　それ狙ってたから、私。一石二鳥でしょ」

彩華はそう言って、温泉へ行くために階段を降りていく。

あれだけ飲んだのに足取りはしっかりしていて、さすがだなと思った。

姿が見えなくなると、俺は惚《ほう》けたような息を吐いた。

「……あぁ〜〜」

自分の取った行動、発言が、果たして正解だったのだろうか。

そんなことは、未来にならなきゃ分かりっこないことだ。

考えても仕方ないようなことが頭をぐるぐると回り、酔いもぐるぐると回ってくる。

「……あいつ風呂とか大丈夫かよ」

そういえば、俺たちはかなりのお酒を飲んでいる。

座っている間はそれほど感じていなかった酔いも、一度横になれば嫌でも実感してしまう。

酔いの回った直後の温泉は危険だ。

浴室内の事故が増えていると言っていたのは彩華自身だ。

昨今増えている浴室内での事故が、彩華に起こらないとは限らない。

一応忠告だけしておくかと、俺は重い腰を上げた。

ふらついた足取りで階段を降り、脱衣所の扉の前から声を掛ける。

「おい、彩華」

「へっ、どしたの」

返事はすぐに返ってきた。

扉越しなので若干くぐもって聞こえるが、いつもと変わらない声色だ。

「……お前は酒が、強《つえ》えなぁ」

「呂律《ろれつ》大丈夫？　酔った？」

「……酔うに決まってんだろ、結構飲んだぞ」

逆に足取りもしっかりして、ピンピンしている彩華が強いのだ。飲んでいる量は俺と何ら変わらなかったはずなのに。

「なんでこっち来たのよ」

「いや、最近風呂場での事故増えてるんだろ……？　酒飲んだ直後だし、一応長湯は気を付けろって言っておきたくて」

長湯は血圧が下がり、身体《からだ》に負担が掛かる。若くても、油断は禁物なのだ。

「ああ……そう。確かに、そうだったわね。分かったわ、少し早めに上がることにする。

ありがとね」

パサリ、と何かが落ちる音が聞こえる。

俺は頷《うなず》くと、踵《きびす》を返して階段を上がろうとした。

だが酔いの回った身体がフラついて、後ろに寄りかかる。

身体を支えようと伸ばした手はドアノブへ引っかかり、開いた扉の方向へ倒れ込んだ。

「ちょ、大丈夫⁉」

声の方向へと視線を向けると――

「こっち向くな酔っ払い‼」

何かが見える寸前、バスタオルで顔面を叩《たた》かれる。

何かを見逃して残念な気持ちとホッとした気持ちが交差して、腹の底から潰れた声が出る。

睡眠を訴える頭の中に、彩華の呆《あき》れたような声が聞こえてきた。

「あんたの欠点は、自分のお酒を飲めるキャパシティを把握してないとこよ――」

今から慣れるよと呟《つぶや》くと、ペシリと頬の位置を叩かれる。

「何言ってんのか全然分かんないわよ！　ちょっと着替えるから、その状態で待機！」

忙《せわ》しなく動く彩華を感じながら、俺は眠気を我慢する。

やがて着替え終わった彩華が俺の顔からタオルを引き剝《は》がし、怒ったような顔付きで言い放った。

「ほら、自分で立つ！」

ノロノロ立ち上がった俺の肩を彩華が支える。

今日一番の密着度だが、生憎《あいにく》お互いそこに何かを感じている場合ではない。

人を支えながら階段を上がるというのは、女性にとっては十中八九、とても疲労する行為だからだ。

万が一にも落ちないように手摺《てすり》を使い、ゆっくりと階段を上がる。

横で彩華が恨めしげに言った。

「……っはぁ、もう、あんたとは、来ない……！」

一段一段階段を踏みしめながら言われた言葉に、俺は謝罪の意を込めて返事をした。

「俺は、今日、来て良かった……」

「私も、楽しかったわよ、くそバカ!!」

背中から布団へと押し倒され、頭からダイブしたような体勢になる。

ぐるぐると回る頭の中、俺は一つだけ決心した。

暫く、酒は控えようと。

第10話　旅行を終えて

「結局先輩と、あれ以来会えなかった!!」

温泉旅行から帰ってきた次の日、志乃原《しのはら》は俺の家で全身を使い不満を表していた。

まさか旅行の最中に邂逅《かいこう》するとは思わなかったが、さすがに人の多い中で顔を合わせたのはあれっきりだった。

「まあ、あんな人混みの中で一回会えただけで凄《すご》い偶然だろ。もう一回会うなんて奇跡に近いって」

俺がスマホをいじりながら言うと、志乃原は頬を一杯に膨らませる。

指で突《つつ》くと、ぷしゅっと空気の抜ける音がした。

「奇跡でもなんでもないですよ！　私、ラインしましたよね！」

「そうだっけ」

「そうなんですよ……まあ私もバイトの先輩とハマってる漫画について語り合ってたので、

電話とかする時間まで取れなかったですけど」

「それでいいんだよ、旅行先で他の人に電話するのはあんま良くないしな」

旅行は、普段の遊びとは違う。

一日という時間に加え、多くの費用も掛かる。

本当に仲良い人としか行く気になれないのが、旅行なのだ。

だからこそ、俺は彩華《あやか》から誘われたことを素直に嬉《うれ》しく思う。

普通の友達とは違うということを、形として証明された気がするから。

俺は彩華に貰《もら》ったキーケースへ、雪豹《ゆきひょう》のキーホルダーが付いた鍵を引っ掛ける。

雪豹の表情が明るく見えたのは、絶対に気のせいだ。

「でもでも、メッセージくらい返してくれても良くないですかー？」

「ん、まあそれはそうだな」

「あっ絶対今別のこと考えてた！」

「ち、違う違う。今お前からのメッセージ確認してるところだから」

そう言って、俺は再びラインの画面を見る。

トーク画面には、『先輩、夜十時！　夜十時ー！』という文言が。

「これじゃ何言いたいのか分かんないわ」

「無駄ですよ。先輩ならこれでも伝わるってことくらい分かってるんですからね！」

「主語無いんだよお前は……」

それに、無視をしていた訳ではない。どちらにしろ行けなかった。

あれ程酔い潰れていては、外に出るだけでも危険が伴う。

というか、夜十時頃には既にぐうぐうと眠り込んでいた。

翌朝彩華に「いびきうっさいわよ！」と枕を投げられたくらい、グッスリと寝ていたのだ。

「まあ、また今度な」

「そんな直近に旅行へ行けるほど、先輩の懐は温かくないですよね。私が費用を立て替えるのも、何か違いますし」

年下からもっともな発言を立て続けにされて、俺は両手を挙げて降参のポーズを取った。

「お詫《わ》びしまーす」

「な、なんですかその腑抜《ふぬ》けた対応は……先輩、この二日間で何が……」

志乃原は啞然《あぜん》としながら俺を眺める。

些《いささ》か大袈裟《おおげさ》な反応に、思わず声を出して笑う。

「むっ、なんで笑うんですか！」

「あはは、いやさ。俺たちの関係も、世間の人から見れば普通じゃないんだろうってさ」

付き合っていない男女が、一つ屋根の下で過ごす。

一般常識的に、良しとはされない関係だろう。

だが当人である志乃原は、俺の言葉を聞いて首を傾《かし》げた。

「まあ、そうかもしれないですけど。でも別に、関係なくないですか？　人からどう思われたって」

俺は思わず目を丸くした。

志乃原はそんな俺の様子に気付くことなく、言葉を連ねる。

「だって、本人たちが満足してたら良いじゃないですか。観客席から聞こえる野次《やじ》なんて気にしてたら、ストレスばかりでやってられませんって」

ケラケラと笑う志乃原を見て、俺は心の中でとても驚いていた。

志乃原の言ったことこそが、俺が温泉旅行を通して得た答えの一つだった。それなりに苦労して得たものを、後輩にこうもあっさりと言われるとは。

ひょっとしたら、年齢が一つ下なだけで、志乃原は俺よりもよっぽど達観した考えを持っているのかもしれない。

そんなことを考えていると、ポケットに入れているスマホが震えた。

――礼奈《れいな》だ。

『来週、二人で会いたい』

……バレンタインパーティで話していたことの続きだろうか。

彩華の介入により妨げられた、会話の続き。

聞いてスッキリしたいという気持ちと、もう一度会うことによって生じるであろう精神的な負荷から逃げたいという気持ちが交互に入り混じる。

俺は一旦スマホから視線を外して、顔を上げた。

目と鼻の先に、志乃原の顔があった。

「――なんですか、急に黙っちゃって」

志乃原は微《かす》かに得意げな表情を浮かべている。

以前と同じく、俺が驚いて飛び退《の》くとでも思ってるのだろう。

確かに、いつもならそうなるかもしれない。

だが生憎、今は礼奈からのメッセージの方が衝撃的で、そちらの衝撃が相殺されていた。

……それにしてもこの後輩、改めて本当に綺麗《きれい》な目鼻立ちをしている。

こんな至近距離で女子の顔をまじまじと凝視する機会なんてそう無い。

この透き通るような肌も、手に入れたい女子は世の中にごまんといることだろう。

そして、どうやら志乃原の顔を見ると癒《いや》し効果があるらしい。

頭の中にある、礼奈からの文言が少しずつ薄れていく。

動揺しかけていた心の落ち着いていく様が、手に取るように分かる。

「いや、ちょっと癒されてた」

「ふぇ」

志乃原が声を漏らして、目をぱちくりとさせ、頰《ほお》を赤らめた。

「せ、先輩って、なんでそういうことストレートに言えるんですか？」

「……なんでだろな」

こちとら、四年以上美濃《みの》彩華と友達の関係を保っているのだ。

免疫力だけは普通の男よりも自信がある。

ただその免疫力をもってしてもドキドキさせてくることがあるので、この後輩は本当に末恐ろしい。

「不満です、フマン。私を前にしてぜんっぜん動じないなんて……でもこれ以上私がグイグイ行くと、あれですね。普通にウザがられそうで心配です」

そう言って、志乃原は俯《うつむ》いた。

──普段はあまり見せることのない一面を、こういう時に見せてくるから怖いのだ。

このタイミングでショボくれた顔を見せられては、男として黙っている訳にはいかないと思えてしまう。

だが、そう思わせること自体が志乃原の狙いという可能性を捨てきれず、

「……ご飯作って貰ってて、ウザいなんて言えるかよ」なんていう、中途半端な回答をしてしまう。

案の定顔を上げた志乃原は不満げに、「八十点」と言った。

八十点で不満なのかよという発言は顰蹙《ひんしゅく》を買いそうなので、グッと堪《こら》える。

感謝していること自体は本当なのだから、誤解を招く発言は控えるべきだ。

「先輩なら、もっといけますよ。ほら、上を目指してもう一度！」

志乃原は鼻を鳴らして腕を組む。

俺は一体何を強要されているのだろうかと思いながら、少し背筋を伸ばして言った。

「お前は俺の帰る家だよ」

「……くっさ⁉」

「うっせえ‼」

俺が枕を手に取ると、志乃原は飛び退いて距離を取る。

それから俺の反応が余程お気に召したのだろう、肩を震わせながら笑い、キッチンへ向

かった。

キッチンへ向かわれては、どんなことを言われようと枕を投げることなんてできない。ご飯を作る邪魔をしても、俺が損をするだけだから。

時計へ視線を投げると、午後七時。

確かに、そろそろ晩ご飯の時間だった。

「いつもの時間なんで！　ご飯作りますね」

「いつもありがとよい……」

「あはは、意気消沈だ〜」

志乃原は口元に弧を描き、手を洗う。

それが、これから料理を始めるという合図。

俺はいつも通り志乃原にご飯を任せることにして、ベッドへ倒れ込んだ。

何も言わずとも手料理が出てくる環境はとても、とても贅沢《ぜいたく》だ。

「そういえば、先輩タバコやめました？」

「へ？」

志乃原の唐突な質問に、素っ頓狂な声が漏れる。

何故《なぜ》ならこの後輩の前でタバコを吸ったことは、一度たりともなかった。

吸うにしても最低限の配慮として許可がいるだろうし、そんなしがらみを持つことを面倒に感じていた俺は、喫煙者だということを伝えてすらいなかった。

部屋の換気だって徹底していたし、服にも毎日消臭スプレーをかけていたのだが。

「あはは、身の回りのお世話してるんですから当然分かりますよー。ゴミ捨てだってしてあげてるんですから」

「ああ、なるほど。ゴミ箱は盲点だったな……」

「先輩のタバコを吸う姿、見てみたかった気もしますけどね」

志乃原は喫煙の動作を真似《まね》て、指を二本口元に当てる。

それが全然似合っていなくて、俺は思わず吹き出した。

志乃原が不満げに口を尖《とが》らせる。

「失礼な先輩だ！」

「あはは、悪い悪い」

俺が謝ると、志乃原もクスリと笑みをこぼす。

「先輩の喫煙姿、どんな感じだったんだろうなぁ」

「友達によると、全然似合ってないらしいけど」

「それもそれで、背伸びしてる感じが出てて可愛《かわい》いじゃないですか〜」

志乃原は上機嫌で、エプロンを腰に巻いた。

流れるような動作で巻かれたエプロンは、志乃原のお気に入りらしい。

そんな私物が俺の家に持ち運ばれ始めたのは、一体いつのことだっただろう。

この家も志乃原が家に通うようになってから、随分と様変わりした。

一人の時は、晩ご飯の時間なんて決まっていなかった。

一人の時は、もっと部屋は汚かった。

見渡すと、やはり数ヶ月前の部屋とは別物で、すっかり志乃原の手の行き届いた部屋となっている。

キッチンにある調理道具なんて、志乃原が料理をしやすい場所に配置し直されているくらいだ。

間違いなく、俺の家には良い意味での変化が訪れている。

中でも、俺がここ最近気に入り出している、変化の一つが。

「あっ先輩、そういえば」

志乃原がエプロン姿で、おたまを片手に振り返る。

「——おかえりなさい！」

そう言って、志乃原はニヒヒと笑った。

釣られて、俺の口角も上がる。
誰かからおかえりと言われるのは、意外にも嬉《うれ》しいことだった。
晩ご飯を作り始める志乃原を眺めながら、もしかしたら——と、考えを巡らせる。
自宅に志乃原がいるのが当たり前になってきた今。
俺の言ったクサい台詞《せりふ》は——強《あなが》ち間違いじゃなかったのではないか、と。

エピローグ

——くだらない。

私は心の中で嘆息した。

告白って、三人も同時にしてくるものなのだろうか。

少なくとも二人が振られることが明白な中、自分は残りの一人になることができると、信じているのだろうか。

告白が成功したとして、他の二人に取る対応は？

……そんなことを考えてしまう時点で、私の耳に三人の言葉は届いていなかったのだろう。

いくら決意表明をされたって。

いくら綺麗事《きれいごと》を並べられたって。

「――ごめんなさい。三人ともに、ごめんなさい」

答えは既に決まっているのだから。

私は、高校で誰かと男女の交際をする気はない。

羽を伸ばすとしたら、大学からだ。

根も葉もない噂《うわさ》が渦巻く箱庭に閉じ込められている。

それが、高校一年生の三学期を終えようとしている、美濃彩華《みのあやか》――私の現状だ。

私が他人と付き合えば、彼氏となった人間は少なからず注目される。良い意味でも、悪い意味でも。

私は、自分が彼氏とした人との会話に聞き耳を立てられるような状況は真っ平御免。

もしもこの先、誰かと付き合うという状況に身を浸すことになるとしたら、二人きりになれる状況を容易に作れる環境になってからだ。

そういう思いで告白を断り続けていても、結局変な噂が付き纏《まと》う。

――性格に難あり、なんて。

確かに性格が良くないことは自覚しているけれど、そんな噂を垂れ流すような輩《やから》よりはよっぽどマシだと思う。

私がその噂に対して知らないフリを続けているのは、一種の意地みたいなものだ。

自分を貫いたままこの噂を消し去ることができれば、私の勝ち。噂に呑《の》まれたら、負け。

ただ、告白を一蹴した私の言葉に顔を上げた、目の前の三人の表情を鑑みるに――

劣勢かもしれないな、と初めて思った。

今までは告白を断っても、相手からは「迷惑だったかな」とか「そっか、こっちこそ突然ごめんな」とか、少なからず私を気遣う対応が見て取れた。

でもこの三人は、何も言わないものの表情から「なんでだよ、仲良くしてたのに」という不満が伝わってくる。

分かりやすい下心を感じながらも友達をやっていたというのに、その行き先がこの顔か。

私の元を去っていく三人の後ろ姿を眺めながら、私は考えた。

――友達ってなんだろう。

こんな簡単に壊れてしまう関係が、果たして友達と言えるのだろうか。

あの男子三人とは、ここ半年程休み時間を共に過ごす仲だった。

それでも、多分あの人たちは今後私の元へ還《かえ》ってこない。

「……なんで」

私は綺麗な顔をしている。

それはこれまでの経験から確信していることだ。

嫌味《いやみ》とかではなく、顔で得してきたこともあったからそう思える。

でも私の性格とこの顔は、どうやら相性が悪いらしい。

高校生になってから、それが特に顕著だ。

くだらない噂に呑まれそうになっているのが、その証拠。

中学の頃は――

思い返そうとして、やめた。

戻りたいなんて思った時点で、私はそこから成長できない。

――そして。

三人の告白を振ってから、一ヶ月後。

案の定噂は学年中に駆け回っていたようだ。

私の友達が、それを教えてくれた。顔が整っていて、同じ帰宅部で、一緒にいる時間が最も長い榊下《さかきした》。

高校二年生になった今、連続で同じクラスになった男子の一人。

普通は友達に「噂回ってるよ」なんて、教えたりするのだろうか。

だって本人が噂が回っているという事実を知ったところで、良い気がしないのは明白ではないのか。

少なくとも私の性格なら良い気がしないし、一年の付き合いになろうとする彼には、それが分かっていない。

私のことを理解してほしいなんて我儘《わがまま》は言わないけれど、せめて不快にはさせないでほしいと思ってしまう。

「それも、傲慢な話ね」

私は窓から校庭の景色を眺めながら、独り言《ご》ちた。

分かってほしいなんて、子供でもないのに。

校庭を眺めていると、不思議と波立つ心が落ち着いてくるようで、私は身を乗り出してみた。

もっと景色を眺めて、一旦心をリセットしたい。

「せいっ、おー」と叫びながらランニングする集団に視線を落とす。

背格好から、男バスの部員たちだと一瞬で分かる。

「……せいっ、おー」

一緒に呟《つぶや》いてみて、苦笑いした。

何をやっているんだか。

――そういえば高校二年生になって、連続してクラスが同じになった男子は榊下の他にもう一人いた気がする。

その男子は、確かバスケ部だった。それ以外大したイメージはないけれど、他の男子より若干達観していそうな言動は、妙に記憶に残っていた。

——なんて名前だっけ。

人の名前を覚えるのには自信がある。高校生になってから、特に意識していることだから。

それでも思い出せないなんて、まだまだだ。

「どこ見てんの？」

ビクリと肩が震えた。

放課後の教室で、誰かに話しかけられるなんて思ってもみなかったから。

ていうか、人がいると分かっているのなら独り言なんて呟いたりしない。

聞かれてやしないだろうかと、思わず鋭い視線を声のした方へと向けた。

「なに？」

自分でも驚くほどの冷たい声色が出た。

話しかけられただけでそんな声を出すなんて、確かに性格に難ありだなと、心の中で苦笑いする。

見覚えのある男子生徒は私の冷たい返事を聞くと肩を竦《すく》めて、傍《そば》にあった机に腰を下ろした。

「高一からクラス一緒の仲だろ。そんな邪険にすんなよ」

そう笑う姿を見て、やっと思い出した。

羽瀬川悠太《はせがわゆうた》。

二年連続でクラスが一緒の男子、二人のうちの一人。

「……一緒の仲って、クラス替えした次の日に言われてもね。高一の時も、そんなに沢山喋《しゃべ》った覚えないし」

やっぱり、今日は本当に性格が悪い。

自分で自分をコントロールすることができない。

自分が一番嫌いなタイプに、私自身がなろうとしている。

誰か、誰でもいいから、醜くなろうとしている私を止めてほしい――

「美濃さんって性格悪いの？」

彼の馬鹿正直な質問に、思わず吹き出して笑いそうになった。

出回ってる噂を本人に確かめる人が、どこにいるというのだ。

さすがに初めての経験だ。

心に平穏が戻る。

悔しいくらいに、あっさりと。

「そんなの、自分で決めたら？」

先程までイライラしていたくせに、急に笑いそうになった顔を見られるのは何だか恥ずかしくて、私は振り向かずに答えた。

彼は少し逡巡《しゅんじゅん》した後、言った。

「……ごもっとも」

おもむろに振り向くと、彼は私を真っ直《ます》ぐに見つめている。

その瞳にあるのは、私への興味、ただそれだけ。

最近は私に何かしらの下心や、打算を匂わせながら近付いてくる人が多くて、彼の瞳は際立って純粋に思えた。

――羽瀬川、悠太君か。

この人と友達になりたいな、と。

久しぶりに、自分から思えた。

あとがき

この度は本作を手に取って頂き、誠にありがとうございます。御宮《おみや》ゆうです。

また読者の皆様とお会いできたこと、大変嬉《うれ》しく思います。

二巻目である本作はタイトルに『小悪魔《こあくま》な後輩《こうはい》』と記載されているにもかかわらず、美《み》濃彩華《のあやか》に関するエピソードが盛り沢山でした。

志乃原真由《しのはらまゆ》、美濃彩華、相坂礼奈《あいさかれいな》とヒロインそれぞれに何らかのエピソードを考えていた中で、彩華が最初にそれを消化した形になります（全てではないですが）。

一巻の反応で、彩華の人気が小悪魔後輩である志乃原に負けず劣らずだったこと。

これが二巻目にして、ここまで彼女を掘り下げることのできた要因かと思います。

沢山の感想、本当にありがとうございました。

続巻を出すことが叶《かな》った際に消化したいエピソードは沢山あるのですが、三巻を執筆できることになれば元カノ相坂礼奈について、もう少し掘り下げていきたいと思っています。

そして志乃原には二巻以上の活躍を！

ヒロインの魅力だけでなく、主人公とヒロインたちの人間模様までも伝わるような作品にしていきたいですね。

ここからは謝意になります。

担当編集K様。いつも伸び伸びと執筆させていただき、本当に感謝しております。楽しんで執筆に取り組めているのはK様のお陰です！

イラストのえーる先生。今回のイラストも本当に最高でした。イラストを拝見するたびに執筆へのモチベーションが爆上がりです。ヒロインの服装を見る度に思うのですが、ファッションセンスも本当に素敵。今回の服装だと礼奈が好みです（笑）

そして校閲担当者様。ご指摘頂いたことはしっかりインプットしておきます。二巻も本当にお世話になりました。

最後に読者の皆様。前述しました通り、一巻では沢山の反応を頂きました。二巻を出すことが叶ったのも、読者の方々のお陰です。

二巻も沢山の人にオススメして頂ければ幸いです！

特定の店舗では数量限定で特典の用意もありますので、そちらも宜《よろ》しくお願い致します。

それでは、失礼します。

二回目のあとがきは、恐らく上手《うま》く書けました。

御宮　ゆう

カノジョに浮気《うわき》されていた俺《おれ》が、小悪魔《こあくま》な後輩《こうはい》に懐《なつ》かれています2

著　御宮《おみや》ゆう

角川スニーカー文庫　22147

2020年5月1日　初版発行
2023年5月10日　6版発行

発行者　山下直久

発　行　株式会社KADOKAWA
〒102-8177 東京都千代田区富士見2-13-3
電話　0570-002-301（ナビダイヤル）

印刷所　株式会社KADOKAWA
製本所　株式会社KADOKAWA

◆◇◇

Printed in Japan　ISBN 978-4-04-108804-3　C0193

★ご意見、ご感想をお送りください★
〒102-8177 東京都千代田区富士見 2-13-3
株式会社KADOKAWA　角川スニーカー文庫編集部気付
「御宮ゆう」先生
「えーる」先生